林必元 著

天·地·海

气象出版社
China Meteorological Press

内 容 简 介

本书收录了作者半个世纪以来创作的262篇诗文作品,含现代诗53首、近体诗175首、词28首、散文6篇,都是作者对自然、人生,对天、地、海的所见、所感、所悟的艺术呈现,表达了对自然界万千气象和人世间真善美的热情讴歌,表现了窥天觅地、探秘自然的高远志向和包容万物、热爱生活的赤诚情怀。本书诗文形式多样,包括律诗、绝句、词等近体诗和自由活泼的现代诗、散文,自然清新,富有哲理,思想性和艺术性达到了较好的统一,可供气象工作者和诗词爱好者阅读欣赏。

图书在版编目(CIP)数据

天·地·海 / 林必元著. -- 北京 : 气象出版社,2022.11

ISBN 978-7-5029-7846-4

Ⅰ. ①天… Ⅱ. ①林… Ⅲ. ①诗词-作品集-中国-当代②散文集-中国-当代 Ⅳ. ①I217.2

中国版本图书馆CIP数据核字(2022)第203116号

天·地·海
Tian·Di·Hai

出版发行	:气象出版社			
地 址	:北京市海淀区中关村南大街46号		邮政编码	:100081
电 话	:010-68407112(总编室) 010-68408042(发行部)			
网 址	:http://www.qxcbs.com		E-mail	:qxcbs@cma.gov.cn
责任编辑	:杨 辉		终 审	:吴晓鹏
责任校对	:张硕杰		责任技编	:赵相宁
封面设计	:艺点设计			
印 刷	:北京建宏印刷有限公司			
开 本	:889 mm×1194 mm 1/32		印 张	:5.5
字 数	:110千字			
版 次	:2022年11月第1版		印 次	:2022年11月第1次印刷
定 价	:38.00元			

本书如存在文字不清、漏印以及缺页、倒页、脱页等,请与本社发行部联系调换。

有两种东西，我们愈是时常反复地思索，它们就愈是给人的心灵灌注了时时翻新有增无减的赞叹和敬畏，这就是我们头上的星空和心中的道德。

——康德

序

《天·地·海》是林必元先生社会生活和心路历程的展示。他用心灵感悟人生,用敏感、学识和激情写诗。用诗词的形式讴歌大自然,讴歌真善美,尽情地挥洒着自己的情感。本书共收集了他的262篇作品,其中,现代诗53首,近体诗175首,词28首。至此意犹未尽,又追加了6篇散文,以飨读者。

林先生是一位功成名就的气象学专家,同时又是一位热情浪漫的诗词作者,一生痴迷气象与诗词,为此而追求不息,奋斗不止。他专业素养厚实,学术成就斐然;文学修养丰润,历史知识渊博。在不断的笔耕中,练就了能自由艺术地驱遣词语,巧妙构筑意象和境象的本领。对天地海,对雨雪冰霜,探之究,研之深。他的理想、抱负,奠定了他的诗魂;他的学养、情怀,铸就了与众不同的诗篇。因此,他的诗读来自然清新,字字珠玑,句句动心,富有哲理。他写高山:"遇着流水,愿给她一个身影。"他写雾霾:"消散是你的归宿,沉沦是你的未来。"

言之所至,情之所在。无论在写天、写地、写海的时候,"情"一直是贯穿于始终的。他用心讴歌江河山川,人情故事,字里行间都渗透着浓浓的情意:当炎热炙烤大地的时候,便深情地呼唤"地烤天蒸何日休,吴牛喘月遍神州。会当舀尽银河水,洒向人间都是秋",抒发出对人民的热爱；在杜甫诗碑前独坐时，写出了"碑前独坐久，不觉古今长"的诗句，饱含对先贤说不尽的敬慕之情；当亲人朋友遇到挫折的时候，便写下"昨日西园泛嫩黄，今朝一片白茫茫。满枝新绿可期待，何必担心一夜霜"；当孙女出生的时候，写下"一声小闹又春眠，林下风华眉宇间。弄瓦弄璋皆是喜，谁言今日不天仙"，短短四句，生动地表现出孙女可爱的萌趣与爷爷喜爱的神态。大爱小爱，爱的情愫跃然纸上。

阅读此书时，我的心灵时常产生一种激荡，时而澎湃，时而感叹，时而窃笑，时而豪情勃发。欲笼天地于形内的气概，欲观古今于须臾的豪情，令人惊叹。那些信手裁剪天象景观的美丽辞藻，那些对亲人故友的深切怀念，感人至深！整本诗集蕴含着作者窥天觅地、探秘自然的高远志向和包容万物、热爱生活的海量情怀，令人读来不禁拍案叫奇！

我想，人在其一生中能阅读到若干优秀诗作，真是一种享受！享受着诗歌语言美和韵律美的同时，又陶怡情愫，拓宽视野，甚至插上想象的翅膀，获取人生启示，岂不美哉！

《天·地·海》就是这样一本值得我们共同赏析的好诗集！

朱碧芳
2022 年 4 月 22 日于芝加哥

前言

  距离第一本诗集《天·地·情》的出版已经二十多年了。二十年来,又陆续写了一些诗作,现在把它整理出版。名曰《天·地·海》,一是因为可以和《天·地·情》形成姊妹篇,更重要的是因为,几十年来,看得最多,想得最多,悟得最多的,就是天、地、海和情。它几乎耗去了我整个的生命。虽然观察最多,思考最多,感悟最多,但直到如今,它们对我,都还是谜一样的存在。

  对于天,我痴迷至今。开始,我曾带有孩童时代的情绪。读中学时,一场突如其来的暴雨,淹没了一望无际的金黄色的麦海,给渴望丰收的人们以毁灭性的打击。失去希望近于绝望的正读中学的我,愤然写下了《暴雨》一诗,结句为"多想用我劳动的结晶,全力制止你的暴行"。没想到这一偶发事件,使我在高考毕业填志愿时,决然地填下了"南京大学气象学系"。从此以后,一发不可收拾:作天气预报时,为了看窗外的天气实况,竟然没有看到窗户是关着的,因而一头撞在窗户上,把窗玻璃撞得粉碎;为了做课题,尽早地识破天机,纵然是父亲病逝,也未顾得上回老家千里奔丧。现在,虽然基本上已识破了天机,但天的无穷,天的高远,天的奥秘,令人永远只能仰视,永远都是可见不可及,永远地诱着我好奇。

  对于地,最使我难忘的,是在大学毕业分配时,竟为了一篇《岳阳楼记》，毅然决然地离乡背井申请到湖南。岳阳楼，她只是地的面庞上一个浅浅的酒窝，但给人们精神上物质上的享受是多么丰富！地，只有奉献，没有索取；只有承受，没有抗争，永远都是默默地为生命提供养分。她的厚重，使人无法到达她的心底，使人无法了解她的内心，因而也永远是谜一样的存在。

对于海，孕育着另一个世界。但我无缘常驻常伴常听。记得有一次，我有幸来到海边，但我只短短地一瞥，便立即打道回府，因为我不敢独享这一份美，愿带领我的团队来一起享受。在享受美的同时，我吃力地思考着：人间的一切污泥浊水，都从四面八方涌进大海里，为什么大海还是如此澄碧呢？最后的答案是：博大精深而已！

对于情，雁丘词的千古一问，至今无人能答。这也就是情的诱人之处。她能使人沉醉，使人痴傻，使人神魂颠倒，暴走天涯。救人无数，伤人无数。说不清，道不明，写不尽。

尽管我已竭尽全力，观察思考感悟天、地、海和情，但直至今日，给我人生知识库中只添进一点点。无奈之下，我只好拿起笔，把这一点点记下来。但怎么记呢？对于诗文，记得法国著名小说家莫泊桑说，"为了描写燃烧的树和火，你必须站在这树和火的面前，直到觉得它和别的树和火不同为止"。这就告诉我观察的方法和观察结束的时间。这观察所得的"不同"，便是观察者特有的收获。将这特有的收获与生活积淀和知识积累相结合，看是否能得到新的认知，如无，则尘封，如有，则将这新的认知放入更大的时空；通过联想和比较，看能否有新的感悟，如无，则尘封，如有，则将感悟沉到心灵深处；看是否能撞出心灵的火花，如无，则尘封，如有，这便是灵感。将之记下，并按规定稍加打扮，这便是诗。所以，诗的核心是心灵深处真情实感的自然流露。除了观察，其他过程都是短暂的，有的甚至只是一刹那。只有这样，读者的心灵才会有所感应，进而有所启发、感悟、震撼。这就是诗，她是独有的，绝版的，脱俗的。本着这样的想法，我把对天、地、海和情的所看所想所悟以诗和短文的形式展现出来。这就是本书。然而，天、地、海和情都是伟大的，无穷的，而我是渺小的，所以这本书的思考和感悟也肯定是微不足道的。但这几十年的生命除了钟情于此，我又能钟情于何处呢？

作者

2022年4月16日于长沙

目录

序

前言

现代诗 / 001

时间 / 003

冰雹 / 003

你在哪里？/ 004

你回来了——写在橘子洲毛泽东巨型塑像前 / 006

历史的闪光 / 007

闪电 / 009

南郊公园的那片绿地 / 009

告别 / 010

穿石坡湖随感 / 010

胸怀 / 011

献给 Benton 教授 / 012

霾 / 014

大海诗草 / 015

高山 / 016

寄远 / 017

车过阳关 / 018

云 / 019

山村即景 / 021

公园的夜晚 / 022

今年的夏天 / 023

约会明天 / 024

答 W 君"时间错了" / 025

荷塘随想 / 025

起风了,孩子快回家 / 026

仰望星空 / 028

大围山即景 / 029

雾 / 029

风 / 030

霜——示卓雅 / 031

月亮对太阳说 / 032

河那边的太阳 / 033

记梦 / 035

淡淡的回忆 / 036

惊闻友人患病 / 037

悼念黑牡丹 / 038

怀疑,致—— / 039

草色遥看近却无 / 040

我对大山 / 041

写给秋 / 042

自咏 / 043

雨中 / 044

致网友 / 045

海 / 045

问月 / 046

自嘲 / 047

春姑娘 / 048

迟到的祝福 / 051

明天是你的生日 / 051

家 / 052

忍是美德 / 053

打扫诗屋 / 054

天·地·海 / 056

那边 / 058

近体诗 / 061

七律　赋水三首 / 063

七律　思念 / 064

七律　贺洪中同学聚会 / 064

七律　寻春 / 064

七律　江边闲逛 / 065

七律　游岳麓山小记 / 065

七律　四君悟 / 065

七律　赞《友情》 / 066

七律　云麓峰闲坐 / 066

七律　忆淑萍 / 066

七律　追忆淑萍 / 067

七律　记梦 / 067

七律　围山暮色 / 067

七律　致友人 / 068

七律　中秋叹 / 068

七律　赋洞庭 / 068

七律　五友登岳阳楼 / 069

七律　游园随感 / 069

七律　君留步 / 069

七律　夜思 / 070

七律　岁寒三友 / 070

七律　题友人今昔小照 / 070

七律　致道治 / 071

七律　游成都 / 071

七律　题避暑居 / 071

七律　记娄底落难 / 072

七律　喜迎全国暴雨会议在岳阳召开 / 072

七律　与友人湖边论诗 / 072

七律　悼元章 / 073

七律　游千年古树群并古树涧 / 073

七律　夜读 / 074

七律　元章周年祭 / 074

七律　山行 / 075

七律　微信赞 / 075

七律　山水 / 075

七律　岳阳忆旧 / 076

七律　赠友人 / 076

七律　暮访洪泽湖 / 076

七律　秋日寻芳 / 077

七律　公园漫步 / 077

七律　新型冠状病毒流行，居家随感 / 077
七律　只因怕把春辜负 / 078
七律　回赠碧芳君元旦祝福 / 078
七律　世纪之战——记新冠疫情 / 079
七律　余秋唱晚 / 079
七律　再上大围山 / 079
七律　赞宿迁抗疫 / 080
七律　贺碧芳君长篇小说《走过芳草地》出版发行 / 080
七律　谷雨吊仓颉 / 081
七律　入气象诗社群有感 / 081
七律　秋桐赋 / 082
七律　赠林澎 / 082
七律　忆肖君 / 082
七律　避暑见闻 / 083
七律　雨中伞 / 083
七律　五上大围山 / 083
七律　喜得张光亮墨宝 / 084
七律　两茫茫 / 084
七律　辛丑重阳，夏长秋短冬来早，感赋 / 084
七律　年年岁岁梦芳菲 / 085
七律　庆贺气象诗社 300 期 / 085
七律　得云海墨宝，喜赋 / 085
七律　祝贺气象诗书画社成立 / 086
七律　流年自遣 / 086
七律　欢迎日本吟咏家代表团访岳 / 086
七律　有寄 / 087
七律　无题 / 087

七律	邸长华法门寺拜佛	/ 087
七律	咏网络	/ 088
七律	游华山	/ 088
七律	读	/ 088
七律	洛阳郊外的那个午后	/ 089
七律	逍遥长沙	/ 089
七律	洞庭湖	/ 090
五律	晚归	/ 090
五律	秋游洪泽湖湿地：登穆墩岛	/ 091
七绝	题《橘子洲夕照》	/ 091
七绝	牛市偶得	/ 091
七绝	贺孙女子轩录取伦敦学院	/ 092
七绝	暴雨	/ 092
七绝	遥寄诸友海南会	/ 092
七绝	江左河滩观橘洲焰火	/ 092
七绝	又上大围山	/ 093
七绝	观光亮书法	/ 093
七绝	秋游洪泽湖湿地：游芦荡迷宫	/ 093
七绝	致广东	/ 093
七绝	致元章	/ 094
七绝	晨得元章和诗，喜而作	/ 094
七绝	题马	/ 094
七绝	立夏赞孟获	/ 095
七绝	避暑大围山	/ 095
七绝	题友人《映日荷花别样红》	/ 095
七绝	晨起惊雪	/ 096
七绝	班门可弄斧	/ 096

七绝	致友人 / 096	
七绝	重游年嘉湖 / 096	
七绝	辛丑气候异常有感 / 097	
七绝	题《残荷》/ 097	
七绝	论文被引用数再破百 / 097	
七绝	阅图有感 / 097	
七绝	题翙州七岁天坛写真《松树》/ 098	
七绝	南郊公园一日游 / 098	
七绝	桂花树下 / 099	
七绝	酷暑吟 / 099	
七绝	此叟可交一万年 / 099	
七绝	题公园一景 / 099	
七绝	谒元章陵 / 100	
七绝	辛丑清明，元章墓前 / 100	
七绝	踏雪归来 / 100	
七绝	梅桂亭闲坐 / 100	
七绝	围山偶拾 / 101	
七绝	独居患眼疾戏作 / 101	
七绝	竹悲 / 101	
七绝	连云山云游 / 101	
七绝	山恋 / 102	
七绝	下山 / 102	
七绝	重阳忆旧 / 102	
七绝	再访南郊公园 / 102	
七绝	题友人所摄《梅溪湖》/ 103	
七绝	新冠隔离 / 103	
七绝	菜花丛中小憩 / 103	

七绝　别意 / 103

七绝　满船尽是古今愁 / 104

七绝　贺林含光小学作文《北疆南国》在《小溪流》发表 / 104

七绝　避暑岁月 / 104

七绝　虚位以待 / 104

七绝　南郊公园寻崔护诗刻 / 105

七绝　有感于两次中年路人称呼我为阿姨 / 105

七绝　问桂 / 105

七绝　有感于七亿人被"烧烤" / 106

七绝　咏网名 / 106

七绝　雨后 / 106

七绝　雪亭独酌 / 106

七绝　大龄女 / 107

七绝　三上大围山 / 107

七绝　追忆 / 107

七绝　示静儿 / 107

七绝　题孙女林枢瑶出生小照 / 108

七绝　记旭儿海儿宿于华山之巅 / 108

七绝　善有善报 / 108

七绝　参观黎勇先生诗词书法作品展 / 108

七绝　长沙纪行 / 109

七绝　追忆 / 109

七绝　友人旅游因疫情被隔离 / 109

七绝　电影《基督山伯爵》观后 / 109

七绝　大暑三首 / 110

七绝　爬山虎 / 110

七绝	七夕随感 / 110
七绝	为嫦娥正名 / 111
七绝	回乡途中金陵小聚 / 111
七绝	爱晚亭之梦 / 111
七绝	自嘲 / 112
七绝	山翁 / 112
七绝	山行 / 112
七绝	题《夜读红楼梦》/ 112
七绝	送别 / 113
七绝	回不来 / 113
七绝	辛丑清明，父母墓前 / 113
七绝	题《晨游年嘉湖》/ 113
七绝	卧佛寺后山游 / 114
七绝	南北院三首 / 114
七绝	小草 / 115
七绝	汴水漫步 / 115
七绝	无题 / 115
七绝	归来晚 / 116
五绝	独趣 / 116
五绝	秋游洪泽湖湿地：新四军四师师部 / 116
五绝	蜂蝶 / 116
五绝	暮登岳麓山 / 117
五绝	读书小注 / 117
五绝	牵牛花 / 117
五绝	大海无浑水 / 117
五绝	南郊公园杜甫诗碑前独坐 / 118
五绝	吾庐独坐 / 118

五绝　悯牙 / 118

词 / 119

如梦令·接站 / 121

如梦令·蝴蝶、蜜蜂与花 / 121

水调歌头·思念 / 121

沁园春·中秋怨 / 122

沁园春·喜迎香港回归 / 122

沁园春·雪 / 123

沁园春·赋雨淞 / 123

西江月·爱晚亭独坐 / 124

西江月·梦游岳麓山 / 124

鹧鸪天·登大围山七星岭 / 124

鹧鸪天·登溧阳草山 / 125

南歌子·洞庭之夜 / 125

南歌子·赠友人 / 125

少年游·回首 / 126

少年游·过梅花山 / 126

少年游·远行，泪别双亲 / 126

一剪梅·玩雪 / 127

一剪梅·幸会泗洪 / 127

一剪梅·送友人去湖州 / 127

一剪梅·避暑麒麟（林）山庄 / 128

清平乐·回乡赴表哥宴 / 128

卜算子·游南岳 / 128

南乡子·登紫金山 / 129

汉宫春・为人寿 / 129

忆少年・梦 / 130

忆秦娥・残雪 / 130

满江红・千秋祭 / 130

高阳台・登岳阳楼忆旧 / 131

散文 / 133

小鱼塘记 / 135

孟家媳妇 / 136

给虚无 / 138

我家的白杨 / 142

邂逅了美丽 / 144

海边遐思 / 148

现代诗

时　间

读不懂你的历史[①],
看不尽你的未来,
你让明天渐行渐近,
你把昨天敷衍了事地掩埋。
你遁影于无形,
演绎着绝版的精彩。
你无私地、公平地给予每个人,
光亮着青春,
光鲜着爱。

冰　雹

风卷暖云天上铺,
冷魂骤把水来铸。
惊雷震落千颗弹,
专打人间不平处。

---

① 英国物理学家斯蒂芬·威廉·霍金著有《时间简史》。

你在哪里?

我是无帆的船,
漂泊在诗海里。
没有抛锚的岸,
没有前进的力。

来时的路,已经迷离,
只有那一条条波纹,
早已化作了一片片书签,
夹在唐诗宋词里;
只有那浪尖上的雨珠,
早已化作了充满心中的,
少年维特的烦恼。
挂满胸前的,
贾岛苦吟的泪滴。
还有那一道道浪墙,
似乎化作了,
杜甫书中的三吏,
李白脚下的云梯。

不求能泣鬼神,
不求能惊风雨,

哪怕你只是郑谷齐己的一字①，
哪怕你只是幽州台上的一句。
如今你在哪里？
在诗仙诗圣的书页上？
在海涅拜伦的诗集里？
在歌德维特的烦恼中②？
还是在社会大众的劳作里？
只要有了你，不怕上天入地！

切切地，切切地，在期盼着，
不求最好，只求唯一。
苦苦地，苦苦地，在等待着，
只要今生，不要轮回。

问山，问水，问天，问地，
你在哪里？你在哪里？

---

① 唐朝和尚齐己《早梅》诗最初这样写道："万木冻欲折，孤根暖独回。前村深雪里，昨夜数枝开。风递幽香去，禽窥素艳来。明年如应律，先发映春台。"郑谷说："'数枝'不足以点明'早'，不如改为'一枝'。"齐己虚心地接受了，就把"昨夜数枝开"改为"昨夜一枝开"。后人称郑谷为"一字师"。
② 德国作家歌德著有《少年维特的烦恼》。

你回来了
——写在橘子洲毛泽东巨型塑像前

你曾站在这里——
指点江山。
此后,
你便去大河上下、
长城内外,
宣传着,践行着,
实现着,你的主张。
如今,你回来了,
回到了你原来站立的地方;
如今,你回来了,
你把你的一生画了圆满的圈。

你翘首向南——
还在期待什么吗?
你点燃的星星之火,
早已燎原;
你日夜牵挂的工农兵,
早已掌握了政权。

你翘首向南——

还有什么放心不下的吗?

是澳门?

是香港?

是台湾?

能够告慰你的:

中国已经跻身全球前列,

——屹立在世界的东方!

历史的闪光

有人问林肯的财产,

"除了妻儿,还有藏书百卷,

椅子三把,桌子一张"。

有人想去梅塞街112号,

瞻仰科学先驱爱因斯坦,

却因巨匠的遗嘱,

没有留下纪念的殿堂[1]。

东汉时,提拔他人的杨震,

巧以"天知地知你知我知",

拒收黄金百两[2]。

---

[1] 遵照爱因斯坦的遗嘱,他死后并没有举行任何丧礼,也不筑坟墓,不立纪念碑,骨灰撒在永远保密的地方,目的是不会令埋葬他的地方成为圣地。

[2]《后汉书·杨震传》记载杨震道经昌邑,被其荐举的县令王密以黄金十斤相送,并说:"暮夜无知者。"震曰:"天知,神知,我知,子知。何谓无知?"王密惭愧离去。

东晋的吴隐之,

饮水自誓,贪泉不贪!

梁朝时,

有人送钱给位高权重的顾协,

却遭到一顿棒打,遍体鳞伤!

黑脸的王安石,

没有依靠送来的紫团参,

恢复病体的健康。

明朝的周新,

高挂烤鹅,

让送礼者落下可悲的下场。

司马迁拒收玉璧[①],

杜甫退回毛毯[②]。

俱往矣!俱往矣!

但历史的精神

在闪闪发光!

然而今天,

面对先贤,

[①] 有一天,汉武帝朝中最得势的将军李广利派人给司马迁送来了一件礼物——玉璧。司马迁的女儿妹娟十分喜欢。司马迁对她说:"白璧最可贵之处是没有斑痕污点,人也同样如此。如果收下这珍贵的白璧,思想上的斑污就会增多。"女儿听了,会意地点点头。最终,司马迁将礼物退还给了李广利派来的人。

[②] 公元764年,杜甫在剑南节度使严武府任参谋,有个商人欲求他办事,特意送上一条贵重毛毯,名叫"织成锦"。杜甫一看,婉言拒绝,但来人放下毛毯便走了。杜甫遂赋诗一首,差人将诗与毛毯一并送回,诗曰:"奈何田舍翁,受此厚贶情。锦鲸卷还客,始觉心和平。"

是不是有人

要打自己的耳光?

面对历史,

是不是会有人

扪心自问,

羞愧于自己的肮脏?

闪　　电

是火,

似箭。

虽然稍纵即逝,

但却撕破黑暗!

南郊公园的那片绿地

曾乘着春风寻觅,

曾和着月光拜访。

曾呼吸你的清新,

曾把天作被,地作床。

如今,只剩下一片荒芜,

是谁把你摧残?

是时间?是冬雪?是秋霜?

告 别

江流的漩涡，

是对来路的回眸；

风的轻语，

是对树的嘱托；

雾的飘然而逝，

是记下了山的承诺；

无语凝噎的泪眼，

是天上墨色的云朵。

一声再见，

把两颗心震落！

穿石坡湖随感

看坡边的石块，就知道

当初是何等的精彩：

久蓄的山水

为了自由，借着暴雨

把一道山坝冲开。

乱石走泥丸，

万方闻石濑；

林鸟惊魂,

纷纷谣传:

盘古又来……

坡阔地坦之后,

水神归于平静,

而把湖面

交给了夏荷安排。

红的,白的,

似乎在窃语:

这是人生一次绝妙的花开!

胸　怀

大海不怕尘埃,

大地不怕人踩。

博大精深和厚重,

铸就了胸怀!

称霸的齐桓公,

重用射杀自己的管仲,

不仅仅是慧眼识才;

当了总统的曼德拉,

宴请曾经虐待自己的狱官,

不仅仅是饮酒开怀;

生命垂危的梁启超,

给伤害自己的医生送去了爱。
这就是胸怀,
铸就了开天辟地的精彩!
事业,需要胸怀;
家庭,需要胸怀。
胸怀无处不有,
胸怀无时不在。
有了胸怀,
就有了事业,有了幸福,有了未来!

献给 Benton 教授 [①]

你,风尘仆仆
飞越重洋。
带着友谊,
带着知识,
带着力量。
你是和着春天来访,
我们也有春一般的心肠。

虽然你已是两鬓苍苍,
但听那滔滔的演说,
却似血气方刚。

---
① Benton 教授系美国国家气象局原局长。

是满腹的知识增添了力量?

昨天
你演说于大学的课堂,
今天
又把气象学的第四个变革开创。
我相信
一切都有因果,
一切都有报偿。
有谁能像为人类献身者那样,
得到
生时的欣慰,
死时的安详?

语言不通,
愿望一样。
心境
似晴朗的天空,
事业
有如绿水青山。

我
带着几分天真,
带着对知识的向往,

向你提了许多另类的问题。
你总是不厌其烦。

为了表达对你的感激，
献上这些浅薄的诗行。
当气象学之花盛开的时候，
欢迎你乘着春风再一次来访。

霾

你本是尘埃，
却要和狸猫在一块。
雨中的勾结，
变成了更加丑恶的存在。

你本是尘埃，
只应在地上安营扎寨。
你却要浮上半空，
好高骛远，
铸成了公害。

你本是尘埃，
却要与浓雾结拜。
欲盖弥彰，为非作歹。

你本是尘埃,
却要借着风的力量,
周游世界。
一路行走,一路作恶,一路伤害……
消散是你的归宿,沉沦是你的未来。

大 海 诗 草

一

听到你的名字,
我向往无比;
来到你的岸边,
我沉默无语。
说什么呢?
——轻狂的风,
怎能理解我们
深沉的心底。

二

本以为
你不会如此澄碧。
因为
地球的泥沙,

世间的污浊,
尽向你胸中涌去。
然而——这是为什么呢?
——博大精深而已。

三

你以大度和宽容,
满足人类无尽的索取。
给予而不枯竭,
这是大自然的壮举。

四

谁说你没有爱呢,
那波涛,
那浪花,
那胸中的起伏。
然而这一切,
只能向蓝天展示……

高　山

表面威严冷静,
心底炽烈热情。
见着流水,
愿给她一个身影。

寄　远

不想打开网络，

何处再有绿水清波？

你说你真我诚——我们有缘，

可不到 24 小时，

这虚幻的世界里便没有了你我。

忘记问你一句话——

你乘的是飞机

还是火车？

如果是飞机，

应已看到

乌鲁木齐的万家灯火；

如果是火车，

我担心——

彪形大汉怎能耐得住时间的折磨？

无心打开网络，

我的心已随那西行的列车。

座位旁，卧铺边，

那无声的空间里，

时时有我。

天池有幸啊，

将飞来天外的英雄一个。

水边照影,
山头放歌。
能想象得到,
葡萄架下,
你在贪吃人间的仙果。
没想到有这么丰盛吧,
一串串,一颗颗。
也许会去火焰山,
也许去看故址交河。
希望这人间的造化,
能给你更多的欢乐。
——可要注意了,
那里的天气时冷时热。

车 过 阳 关

匆匆地来了,匆匆地走了。
没有相见,没有告别。
只有满目别样的秋水,
满地飘落的黄叶。
近在咫尺,
却似关山难越。
列车在望,笛声在耳,
却看不到你挥手一别。

你伤了——

我没能化作春风,

让你心悦。

你累了——

我没能变成大山,

让你靠着歇一歇。

昨天望着北方,

云萦雾绕锁住了田野;

今天翘首向南,

依然是只有秋心,没有明月。

此别经年,

不知何时再相约?

此去天涯,

不知要挨过多少阴晴圆缺?

知道你带走了什么吗?

一颗诗心,随你去也!

云

昨天,

你晶莹剔透,

十分美丽!

像洁白的哈达,

天山的雪莲,

蓝田的碧玉。
你洁白无瑕,
似少女的心地!
你飘来飘去,
引得少年好奇,
百姓万民仰视你。
虽在天上,
却在无数人的心里!
今天,
你怎么突然变了?
是被太阳晒黑的吗?
不再是一朵朵,
而是一大块,
黑压压铺天盖地。
闪电是你眼露的凶光,
雷鸣是你暴怒的脾气。
你带来的不是好奇,
而是恐惧!
你红得发紫的时候,
预示着黑夜将近。
你黑得如墨的时候,
预示着哀鸿遍地。
你一手遮天的时候,
总是说这是天意。
可别忘了,

你只不过是风的奴隶!

山村即景

晨起

屋内呼呼鼾声,

窗外鸟鸣阵阵,

远处雄鸡叫五更,

早醒人一个,

蹑手蹑脚练轻功。

午测

山头五六座,

楼房七八栋。

正午时分把竹影,

没有一个正西正东。

遇见老农细追问,

答曰:依山傍水就中。

晚眺

山岚洁白如漂,

山形暗影重重。

夕阳徐徐落下,

黑白渐渐不分。

公园的夜晚

春草铺绿,
是为谁幕天席地?
星星
似乎听到了,
"我们流浪去"。
月亮没来,
是为了保护隐秘?
草丛中
手机的歌声,
传送着
"你是我今生最美的相遇"。
手,
跳着肚皮舞,
心,
唱着交响曲;
树,
是特邀的卫士,
露,
是笑落的泪滴。

今年的夏天

据说今年（2013年）夏天在长沙历史上是最热的，至今已经连续49天高温……

是天与地的热恋？

还是人与自然的较量？

不知不觉中，

雾霾已经走远！

不知不觉中，

月亮更明，

星星更亮。

亲爱的，

听说五天后，

你就要渐行渐远，

可千万不要带走这空气的新鲜！

要知道，

这清新，

是我们珍贵的盛宴！

糊里糊涂中，

突然发现——

我已经爱上了这个夏天。

约会明天

早点睡吧——

似乎这样,

今天就会快点离去;

早点睡吧——

似乎这样,

就会缩短现在和明天的距离;

早点睡吧——

似乎这样,

明天的情景会越来越清晰;

早点睡吧——

也许

她会在梦里!

梦里,她涨红着脸,

慢慢从东方站起,

渐渐地,

天地变了颜色,

身上有了暖意。

答 W 君 "时间错了"

虽然没有看到日出,
但只要晴空万里,
就不失美好;
虽然错过了月圆,
但只要月朗星稀,
就难忘今宵;
花事最后的荼蘼,
何尝失去妖娆?
——只要有花开,
何必在乎季节错了!

荷 塘 随 想

多少遍拜读周公的大作①,
多少回想化作蜻蜓飞过,
多少次撑起你的绿伞,
偷吃你的鲜果……

没有辜负厚土的肥沃,

---
① 北宋周敦颐写有《爱莲说》。

没有辜负绿水的清波,
可是为什么啊,
却让天赐的水珠
无言地滑落?

起风了,孩子快回家

佳节快到了,
可母亲膝下,
还有一个孩子,
没有回家。
多少次屠羊宰牛,
多少次煮酒烹茶,
多少次登山,遍插茱萸,
多少次依门,望断天涯。

孩子,记得吗?
是古国文明,
把你喂养长大。
是汉语文字,
教你学习文化。
你的血液里有母亲的基因,
母亲的汗水里有对孩子的牵挂。

寒潮来了,
怕你身着薄衫。
台风来了,
怕你经不起风吹浪打。

数年前,
你的两个弟妹,
都相继回家。
她们一有闲暇,
就陪妈妈聊天说话。
她们和你隔海相望,
常常梦里呼唤着台澎金马。

孩子,你还担心什么呢?
你回来后,
不再是吃糠咽菜,
不再是小米南瓜。
母亲已经富有,
母亲的身体已十分强大。

风,满楼了,
孩子,快回家吧!

仰望星空

每个黄昏,
我行色匆匆,
为的是到公园里
仰望星空。
手指着最先出现的那一颗,
好像就是她,
可惜太朦胧。
每个晚上,
我两眼惺忪,
在满天的星斗里搜寻,
慢慢地,慢慢地发现,
她原来就是整个的星空。

每个黎明,
我行色匆匆,
为的是到公园里,
最先看看她醒来时的面容。
静静地坐在公园里,
很想叩问苍穹:
何年何月,
天地合一?

今生今世,

能不能相逢?

大围山即景

云,跑哪里去了?

让天,一丝不挂!

是飞天的宝石,

还是大海没有浪花?

是上帝打翻了纯蓝的染缸,

还是黄永玉作的画?

此时的我,

是在海上,还是在天下?

风轻轻地告诉我:

天和海已是一家!

雾

你是用细小的雨滴,

编织的天衣。

掩盖一切丑恶,

挡住所有光明。

你用模糊,

让人分不清南北,
辨不清东西。
你与霾勾结,
想堵住人们的呼吸。
你用缥缈虚幻,
让人想入非非,
贪念无比。
你用柔软,
让人向往
亵渎世间男女。
我知道,
你表演这一切以后,
就要逃跑了,
因为你瞥见了晨曦!

风

时而摧枯拉朽,
时而轻拂垂柳。
你使扬帆者迅跑,
一刻也不停留。
你驱云赶雾,
使平静处起浪,
你使谷粒,

丢掉皮囊。
宋玉冤枉你,
说你分雌雄,
讨好君王。
高祖利用你,
一抒豪情,衣锦还乡。
壮士怨恨你,
把易水吹寒。
板桥说你是民间的疾苦,
春燕顺着你一路向南。
然而这一切,
你全然不顾:
身虽遁影,心在高山!

霜
——示卓雅

借着冷的灵魂,
披着雪的外衣,
趁着黑夜
你来到了大地。
摧残嫩芽,
欺负月季。
日出后,须臾间,

你便华丽转身
——原来你只是水滴。
滋润花草,
滋润土地。
而此时再看——
芽已勃发,花已崛起!

月亮对太阳说

是宙斯有意地点拨,
都从太空中匆匆走过。
菲碧感谢你啊——阿波罗①,
使我有体温的
是你心中的一团火。

回敬你的温暖,
我只有桂花树一棵。
是你当年的恩赐,
才有今天的婆娑。

说什么热情冷漠,
说什么金梭银梭,
我们运行的轨道,

---
① 菲碧,新月之神。阿波罗,太阳之神。

为什么不能交错?

不能相依,但愿相伴,
在这寂寥的天庭,
一起看人间的花开花落。

河那边的太阳

不是臧克家的老马,
想抬起头望望前边;
不是李贺的毛驴,
细雨闲适中漫步山巅。
我突然喜欢登高,
是想看看河那边的太阳。

似圆圆的灿烂的笑脸,
是红红的炽烈的火焰。
不经意间使枯枝发芽,
不情愿中让万山红遍。

冥冥之中,
不知你是否发现,
只有再一次见到你,
才算是有了明天。

不就是在河的那边吗?
为什么不可即却又可见?
不就是在山的那边吗?
为什么是那样遥远?

任我是望穿双眼,
任我把栏杆拍遍,
哪里有落霞孤鹜?
何处是秋水长天?

无奈中,
我突发奇想:
给我一个发现号飞船,
飘然飞到你的身边。
纵使被你熔化
也心甘情愿。

河那边的太阳——
近而遥远;
河那边的太阳——
不尽的思念……

记　梦

昨日梦里，
这湘江竟是一条银河，
两岸隔着的，
不是牛郎和织女，
而是吴刚和嫦娥。

昨日梦里，
这湘江竟是一条银河，
河上飘着的，
不是西施和范蠡，
而是貂蝉和董卓。

昨日梦里，
这湘江竟是一条银河，
架起这鹊桥的，
不是鹊鸟，而是网络。

淡淡的回忆

云，已飘然而去；
水，带着遗憾，
默默地流向大海里。
在我心中剩下的，
只是一抹淡淡的回忆。
学海的小舟，
已失去前进的力气，
海风翻卷着展开的诗卷，
海水发出无奈的叹息。
船头挂着的
只有余晖，不是晨曦！
百花园里，飒飒的西风
访问过梅花，
如今正走向荼蘼。
突然间，
思绪断了，
原来这回忆
已经变成了
湖中的倒影，
风中的雨滴……

惊闻友人患病

如果,当初我学医,

此刻,就不会束手无策;

如果,当初我学医,

此刻,我们又不会相识。

这是命运的安排,

让你陪我走过这最后的孤独。

你说——你视死如归,

其实——我们现在心里所想的,

已不是自己,而是对他人的牵累。

假如,就这样

我们悄然离去,

那就永远失去了相聚的机会;

假如,我们缓缓地相向走来,

即使永不相遇,

但在彼此的心中

都还有一个美好的存在。

坚持吧——

也许,苍天会开眼;

坚持吧——

等待上帝对我们作最后的安排。

悼念黑牡丹[①]

从洞庭湖中走来,

又到洞庭湖里去,

一个美丽执着的灵魂,

告别了纷扰窝囊的尘世!

虽然,人不能永生,

但你,冬里来,春里去,

来去太匆匆!

虽然,人不能复生,

可此时此刻,汨罗江边,洞庭湖滨,

有多少扼腕叹息的泪人!

人说,天冷,

你偏在寒冬里怒放;

人言,水浊,

你偏要出污泥而不染!

蓉城留下了你爽朗的笑声,

岳阳楼带着你长长的忧伤;

南岳的晨岚中有你绰约的身姿,

屈子祠下的倒影里有你无尽的思量。

[①] 梅莲,1949年12月26日(农历)生于洞庭湖区操军镇。曾就读于成都,人称黑牡丹。先后在南岳和汨罗工作过。连续两届湖南省人大代表。退休后定居岳阳。2016年5月27日病逝。亲属遵遗嘱将其骨灰撒入洞庭湖。

无数人的心里还有你，
你没走，你还在——黑牡丹！
你只是为了兴趣，
到云中探访！
你没走，你还在——黑牡丹！
你只是随着奔流不息的江水，
去向了远方；
你没走，你还在——黑牡丹！
你只是学着当年的西子、洛神，
在湖边戏水，泛舟，游玩……
这个世界欠你的，
一定会在你去的世界里偿还：
它会给你本应得到的
万千宠爱，一世平安。
有二妃为伍，湘君做伴，
安息吧，黑牡丹！

怀疑，致——

你说，只有懂得了
贫穷，奋斗，爱情，
才算懂得了人生的真谛。
可我
吞吃了毒草——

那是为了充饥；

为了事业，

我没有目送父亲的离去；

至于爱情，

我对她说：我的一切属于你。

可现在，真谛在哪里？

在诺贝尔爆炸的硝烟里？

在《最后的晚餐》里？

在高尔基的书房里？

还是在埃默纽的行动里①？

草色遥看近却无

远远的，远远的，

好像有一方池塘，

池塘边，

似乎有一棵小树，

不，一株牡丹！

侧耳倾听，没有鸟儿歌唱，

屏息而闻，隐约有一丝淡淡的清香。

我欲起身更衣，

---

① 美国的威斯康星州蒙特罗市有一个叫埃默纽的8岁小孩，至死不肯说谎。蒙特罗市政府为埃默纽建造一块纪念碑和一座塑像。碑上写着："怀念为真理而屈死的人，他在天堂永生。"决定每年5月2日为"诚实节"，永久纪念这个诚实勇敢的孩子。

却感到一阵严寒。

不!那应该是梅花,

不是牡丹。

不管怎样,我要去看看。

慢慢地,慢慢地走近,走近……

暮色中,我朦胧地发现:

那既不是梅花,

也不是牡丹,

而是一柄荷叶,

在风中摇晃,摇晃。

我 对 大 山

我对大山,高唱

——好人一生平安,

太阳来了,

——送出漫山灿烂!

我对大山,高唱

——好人一生平安,

蓝天澄澈,

——让歌声传向远方。

我对大山,高唱

——好人一生平安,

白云飘然而至,

——似乎在把我偷看。

我对大山，高唱

——好人一生平安，

鸟儿飞来，要和我一起歌唱。

我对大山，高唱

——好人一生平安，

清风过后，

——松竹点头：祝我年年安康！

写给秋

夏，

走得匆匆。

把许多事，

留给秋冬。

冬，

却迟迟未来，

即使缓缓靠近，

也只是个小童。

于是，

你忙碌着：

昨天南北，

今天西东。

白天，

你惦记着香山的枫叶,

夜里,

你梦想着南国的梧桐。

刚把橘子涂黄,

又要把苹果抹红。

送走了荼蘼,

告别了月季,

抚慰了芙蓉……

你累了,

满脸倦容。

西窗的微风,

能否拂去

你岁月的风尘?

夕阳下满地的碎金,

能否荡尽

你心头的愁云?

无边无际的静美,

能否慰藉

你美丽的心灵?

自　　咏

从无到有,

伴随着一声弱弱的哭喊。

一段短短的旅程，
伴随着长长的苦难。
诗，
是哭喊的延续。
事业，
只不过是行走的方向。
识破天机，
只差一步，
这是最后的遗憾！
从有到无，
只隔一道纸糊的墙！

雨　中

天蹙眉，
地眨眼，
一伞遮天。
阡陌行人，
不见三三两两。
鸟归何处？
唯我独占公园。
飞红渐随涓涓去，
只有蛙声，
还似从前。

致 网 友

感受的,是真诚和美丽。

失去的,是心中的空地。

肯定的,是今生不会有缘。

希冀的,是相逢在下个世纪。

海

海,

千川百流入胸怀,

北风紧,

重浪心头埋。

海,

博大精深新世界,

任驰骋,

风卷浪花开。

海,

涛声潇潇青天外,

为我笑,

人生千里来。

问　月

我写诗时，你洒下清辉；
我夜行时，你步步紧随。
我烦闷时，你遣清风拂面，
我独酌时，你在杯中相陪。
在湖边，你送我倒影，
在山顶，你把我包围。
赏荷时，你送来色彩，
约会时，你在柳梢偷窥。
我着急时，你在云中奔走，
我高兴时，你窃喜着，把帘幕低垂。
我成功了，你是十五，笑脸盈盈，
我失败了，你是初一，紧蹙双眉。
岳阳楼上，你照亮牌匾，让我读忧乐，
岳麓山下，一起问风雨，你从不缺席。
可今宵，你在哪里？
在杜甫李白的诗里？在苏轼稼轩的词里？
还是在江里？湖里？海里？
如今，我在人间的表演将要落幕，
你能否放下天梯？让我去九天揽月，
和你紧紧地依偎在一起！

自　　嘲

告别了欢笑，

也不再伤感。

独自一人，

背着空空的行囊。

没有听老丈的好话，

也不去那喧闹的丛莽。

衰草抹去了昔日的眼泪，

流水荡不平心头的创伤。

路远纵能耗尽我有限的热血，

天寒却冻不透我麻木的心脏。

无须抬起头来——

前面还是沙滩。

只好低下头来——

看是否有那被风沙掩埋了的熊掌。

风雨吹来，

我把心缩紧；

太阳出来，

我晒一晒简陋的行囊

——虽然只捡得薄纸几张。

春 姑 娘

冬的女儿——
春姑娘来到了大地。
欢迎她啊,
小鸟唱着赞歌,
山麓披上了新衣。

一年一年地过去了,
春姑娘一次一次地到来,
她总是那么温柔体微,
把大地装扮得越来越美丽。

于是,
人们带着爱慕的心怀,
给她编出了动听的传奇:

据说——
春姑娘刚一生下,
她母亲的丝丝白发,
便化作了朵朵雪花。
随着这雪花的融化,
她便长眠在地下。

从此,
春姑娘生活在
严厉的后母的膝下。

她渐渐地长大,
并且十分漂亮。
由于受不起后母的暴横,
她挣脱了身上的绳索,
舍命地跑呀跑呀。

但可恶的后母
还是不放过她,
驾起狂怒的北风追击。
就在那乍暖还寒的时候,
她勇敢地和后母展开了搏斗。

你看,
她跑得气喘吁吁,
那深深的呼吸,
化作了阵阵春风,
使无边的麦海,
掀起了碧波重重。
让丘丘的油菜,

像金色的小岛，
在光波中晃动。

从此，
柳枝展开了困倦的小眉，
梅花露出了昔日的笑意。

啊，
春姑娘是如此的可爱和美丽，
亲爱的读者呀，
不要昏睡，不要偷懒。
趁她还没有离去的时候，
快携起我们的双手，
到山坡上，到小河旁，
到春姑娘的身边。

那时候，
她美丽的裙裾，
将掠过我们的双肩；
她深深的呼吸，
将清润我们的脸面。

那时候啊，
她便对我们的心灵

大声呼唤：生命呀，
是一个阳光明媚的春天！

迟到的祝福

朋友告诉我，今天是他的生日。
没看到蛋糕和蜡烛，
没望见落霞与孤鹜；
没分享笑容和甜意，
没闻得管弦和丝竹。
寄去秋心和明月，
算作我的祝福。
记下我的日记，
盼望明年的今日。

明天是你的生日

明天是你的生日，
我却没有任何的礼物。
早就数着指头在盼，
但却无缘看你吹灭蛋糕上的蜡烛。
你是从冬天里走来，
多想用春天把你呵护。

相逢的喜悦,
满以为不会再有生命的孤独。
可惜我无力的小诗,
没能留住你匆匆的脚步。

明天是你的生日,
我却没有任何的礼物。
只好从后天开始,
数着指头再盼你下一个生日。

明天是你的生日,
我却没有任何的礼物,
只好在心底默默地祈祷:
祝你幸福!

家

营营街市,
飘飘落花。
萧瑟声中,
龙虎相继到我家。
有兴正值中秋,
无奈风寒入骨,
看够了肃杀。

但别有天地；

婵光入窗，

偷听屋内喧哗。

龙虎相戏，

母子磨牙。

稚眸似月，

无声欲唤妈妈。

更看奶奶开心，

笑染了白发。

喜今宵风光，

都在我家。

暗计今后事业，

逗龙逗虎更娇花。

忍 是 美 德

大千世界，

千姿百态。

认识各异，

误会常在。

消除误会，

唯有理解。

如果理解尚未到来，

那就只好忍耐。

大海不忍耐，
就装不进尘埃；
大地不忍耐，
就不会任你踩。
邱少云不忍耐，
胜利就不会到来；
夫妻不忍耐，
幸福的家庭就不存在。

忍是美德，
忍是为了理解，
忍是为了爱。
生活中多一分忍耐，
就多一分和谐，
多一分愉快。
忍是美德，
世界之大，
大不过胸怀。

打扫诗屋

不知从何说起，
只是记得，
读中学时，

宁愿挨饿，

也要买一本诗集。

高一时作文竞赛，

与高三同题，

我以一首诗夺得了第一。

高考前夕，

我饥肠辘辘，

只好饿着肚皮去答题。

填报高考志愿时，

语文老师要我填文，

数学老师要我报理。

谁知一场突如其来的暴雨，

把我引进了气象的门里。

毕业时，

背井离乡请求到湖南，

仅仅是为了一篇《岳阳楼记》。

数十年来，

诗屋里苦思冥想，

为天算命；

透过诗窗，

东张西望，

叩问风雨。

如今，从中学开始，

用饥饿建造的诗屋，

已经经历了半个多世纪。
其间，虽有一本集子问世，
但那也只是下里巴人而已。
如今的陈旧，
只剩下糟粕满墙，沙石满地；
荒唐满纸，心酸满笔。
必须扫去满屋的灰尘，
使之不至于成为废墟。
当横扫一遍之后，
突然发现，
诗屋里只剩下自己！

天·地·海

海的波涛，
来自于天的雨水，
天的雨水，
来自于地的蒸汽，
地的蒸汽，
来自于天和海的给予。
在共工触山、
女娲补天、
精卫填海之后，
便成了结伴同行的三兄弟，

紧紧地连在一起。
各有各的喜爱，
各有各的脾气。
海涛拍打着海岸，
大地并不着急，
因为我们是兄弟。
谁来调停呢，
高高在上的天，
发雷鸣以警醒，
划闪电送光明。
还派了两位使者——云和风，
在三者之间不停地奔走呼吸。
天的狂暴，
地和海，
并不总是藏在心里。
面对狂风暴雨，
电闪雷鸣，
地以地震、
海以海啸还击。
一切都平静之后，
便是风和日丽。
地的厚，海的深，天的高，
铸就了三兄弟。
天的使命——送阳光，润万物，调四季；

地的担当——抚养孕育,休养生息;
海的责任——任凭驰骋,容错归一。
天,喜欢自由,爱得潇洒;
地,天性博爱,爱得踏实;
海,主张平等,爱得深沉,心中有兄弟。
如是,便有了
生命的永恒,
智慧的缘起。

那　　边

我看见一颗星,
落在土堆的那一边。
我想去捡,
可走了五十年,
我还在土堆的这一边。
梦告诉我:
那不是堆,
不是丘,
不是山,
而是巅!

我把一颗心,
丢在了沟的那一边。

我想去捡,
可走了五十年,
我还在沟的这一边。
梦告诉我:
那不是沟,
不是江,
不是湖,
而是洋!

近体诗

七律　赋水三首

其一

前行常愧回眸少,骛远从来不好高。
无意人间分昼夜,有心谷底润禾苗。
在天化作及时雨,入海生成万顷涛。
净世涤尘宁自秽,江河湖海任逍遥。

其二

世间走遍弯弯道,日送征帆万万条。
柔若月光洁似玉,闲时明镜动时潮。
胸怀日月行天下,心系重洋奔目标。
过岭飞流千尺瀑,冬来潇洒雪花飘。

其三

百转千回去路遥,深渊高壑几沉消?
偶凭借力浪千朵,常供行人饮一瓢。
扯雾牵云情默默,惜花爱草意滔滔。
甘霖雨露泽天下,不枉人间走一遭。

七律　思念

翘首天涯满目秋，身心异地几时休。
春风整日吹飘絮，夏雨成天敲小楼。
暮暮朝朝朝似暮，年年月月月如钩。
眉山千皱终无计，一任光阴染白头。

七律　贺洪中同学聚会

洪中今日兰亭会，四海相逢格外亲。
学友清泉泽一世，师恩春雨润如今。
奋蹄千里思源水，展翅凌云恋故林。
我劝诸君勤把盏，今宵一醉胜千金。

七律　寻春

整日文山会海中，不知城外又春浓。
满坡梨树披白雪，一簇迎春带倦容。
昨日桃花何处去，只从流水觅芳踪。
若能邂逅东篱下，把酒相邀陶令公。

七律　江边闲逛

流水悠悠似史长，人如舟楫史中忙。
一朝一代一波浪，一统一分一渚藏。
偶尔沉思江皱面，常常默想气回肠。
泛舟学海随波舞，漫步书山任我狂。

七律　游岳麓山小记

云峰闲卧地支忘，醒后方知暮色苍。
飞镜无端临此地，青云有意走他乡。
麓山寺下思禅语①，放鹤亭中读古芳。
湘水渔舟何处去，星城灯火已霓裳。

七律　四君悟

夜晚观天天更奥，人多踩地地不摇。
浊流入海海澄碧，孤雁罹情情涌潮。
敢遣心思驰野马，愿驱悟性走狂飙。
四君若有怜人意，密级随心往下调。

---

① 麓山寺，始建于西晋泰始四年（公元268年），寺初名慧光明寺，唐初改名为麓山寺，有"汉魏最初名胜，湖湘第一道场"之誉，现为全国重点佛教寺院，该寺创建1700多年来，曾六度毁于战火。

七律　赞《友情》

似倾大雨洗尘心，读罢情文不敢吟。
白雪阳春和者寡，高山流水此篇新。
才高君可称八斗，识浅吾难惜寸阴。
愿祈苍天降玉旨，都将字字变成金。

七律　云麓峰闲坐

年过耋年何所求？数山点水也风流。
隔河互望牛哥苦，对月相思后羿愁。
心似此山留正正，身如云水去悠悠。
收拾心事丢天外，只怕髯须霜渐留。

七律　忆淑萍

刚到北京，惊闻旧友两年前仙逝。沉默中，沿街独步低吟。

月老曾将红线牵，庐阳三十一年前。
香山红叶惹人醉，紫院长河照月圆。
人大白杨曾记否，相依一坐共婵娟。
君今先去难相约，怎续来生书墨缘[①]？

---
① 我的三本专著和一本诗集都是经由淑萍编辑出版的。

七律　追忆淑萍

京城每到总寻卿，君去明知已远行。
出版社中初见面，回乡道上偶逢迎。
白石桥下向天笑，黄叶村中对月明。
君去已成千古恨，时时难忘此生情。

七律　记梦

幕天席地一餐桌，不见山珍苦果多。
推盏停杯拂袖去，素装侧卧泪婆娑。
慰君寒尽春将到，转眼飞梭一丈罗。
自有殷勤服侍女，丫鬟宫女两三娥！

七律　围山暮色

落日楼头闲倚栏，云涂雾抹半遮山。
飞霞淡淡走三笔，归鸟匆匆过两班。
摇落黄昏竹自隐，送别云朵月初悬。
岚湮峰顶隔天地，人在虚无缥缈间。

七律　致友人

与君初识岳阳楼，一别惊天四十秋。
四水三湘交有意，八仙五岳聚无由。
笔端研尽双江水，纸上难穷两地愁。
诗驾风帆云弄月，笑谈生死到湖洲。

七律　中秋叹

玉盘今照谁家院，不向星城一处园。
滴翠绿萝窗下静，流丹朱顶案头闲。
孤灯照影人空走，霜气浮香馥自悬。
且饮手边三盏酒，收拾心事和衣眠。

七律　赋洞庭

梦来明镜挂中堂，忽作人间水一方。
若芷幽兰沿岸碧，骚人墨客上楼忙。
盈亏四水归冬夏，吞吐三湘汇八荒。
重浪只当风皱面，殷勤不忘护芬芳。

七律　五友登岳阳楼

二十九日，广东及道治夫妇和宏图夫妇游岳阳楼，来宇从。

洞庭阅尽神州客，未见今朝五友游。
作记范公情未已，点兵都督志难酬。
湖光山色迎怀抱，秋水长天放眼收。
落日依依情脉脉，君山隐隐水悠悠。

七律　游园随感

举头西望日朦胧，满地余香尽落英。
百岁光阴非美梦，一生形象是书生。
赋诗曾借三湘水，测雨全凭四海风。
目断夕阳山麓下，何须伫立恋秋声？

七律　君留步

枉称万里芙蓉国，没给青荷六月天。
无果花开开不悔，有缘人病病相怜。
上天入地丹难觅，覆去翻来夜未眠。
归隐劝君留跬步，同行待我卷诗篇。

七律　夜思

两篇凝碧帮诗佛，百首乌台审大豪。
沈括告发还可恕，禄山造反难轻饶①。
险中觅句三山远，天外寻章蜀道遥。
忽忆梧桐当日梦，夜深人静雨萧萧。

七律　岁寒三友

年嘉湖畔踏春游，怡得园中共品秋。
漫步南郊寻绿地，闲登岳麓话红楼。
风刀霜剑同时受，傲骨丹心一样留。
谁把仙锹移一处？只期春醒弄晴柔。

七律　题友人今昔小照

垂髫失怙痛难消，桃李春风伴绿苗。
花信匆匆拂面过，闲愁点点溅发梢。
春秋反复回头看，日月轮番偷眼瞧。
梦醒方知花弄影，天晴只盼燕飞高。

---

① 沈括巡视杭州，抄苏轼诗回京告密，酿成乌台诗案，苏轼险得死罪。王维在安史之乱中任伪职，获死罪，因出示凝碧诗，免罪。

七律　致道治

同窗三载潍河畔，曾伴钟山邀月玩。
学海同研天上事①，校园常诉少年烦②。
弄璋弄瓦皆龙凤③，做事为人两座山。
湖畔芦花催我老，洲头橘子待君还。

七律　游成都

异地同游惜巧遇，愁怀未诉有玄机。
武侯祠内叹结拜，杜甫堂前泪满衣。
情到浓时都作泪，人脱俗后是星期。
前方尚有风波恶，一叶扁舟随范蠡。

七律　题避暑居

千仞山头陈谷村，青松翠柳掩蓬门。
栏前偶见白云访，窗外常闻流水吟。
穹面成天纯碧色，案头百日净无尘。
数枝鸟语山难醒，一枕花香梦未沉。

① 指天文和气象。
② 德国作家歌德著《少年维特之烦恼》。
③ 古人以生儿为弄璋之喜，生女为弄瓦之喜。

七律　记娄底落难

浴缸不是华清池，竖的突然变横时。
头下留情花岗石，脚跟着意海飞丝。
张生无愧心常担，杨莉深情饭未吃。
受吓甜儿流下泪，南山寿我第一枝。

七律　喜迎全国暴雨会议在岳阳召开

洞庭昨夜起洪波，涌入同仁志士多。
教授宏文书暴雨，专家妙口论滂沱。
轮番出现高低压，反复登台冷暖涡。
待得风云收拾尽，天机识破再豪歌。

七律　与友人湖边论诗

星城二叟大湖边，谈美论诗聊乐天。
垂柳语惊声瑟瑟，平湖笑皱起漪涟。
路人偶过常回首，归鸟时闻暂不前。
争论不休何处问？巴翁《杰作》有遗篇[1]。

---

[1] 马克思在《资本论》交付印刷时，致信恩格斯，要他读一下巴尔扎克的《玄妙的杰作》，该书写的是一个画家花10年时间作画，力求完美，结合各种流派、风格，结果是一堆乱七八糟的线条，最后烧掉了这幅画。

七律　悼元章

噩耗传来老泪垂,平生肝胆似陈雷①。
一从金镇同窗起,似水如山相照随。
自古多情归玉叶,天池汴水两无非②。
慰君重岗只稍待,卷罢诗书我去陪。

七律　游千年古树群并古树涧

独步溪边听水潺,千年古树百枝参。
蛙声阵阵随流水,鸟语连连悦碧山。
侧耳常因听石濑,开怀只想对青天。
眼前好景无人共,且把围山当利川③。

---

① 陈雷即陈重和雷义。辛弃疾词云"只今胶漆谁似陈雷"。陈重,字景公,豫章宜春人。年轻时与同郡雷义结为知交。两人都是饱学之士。太守张云闻陈重之名,举荐他为孝廉,陈重要把功名让给雷义,先后十余次向太守申请,张云不批准。后来雷义被举荐为秀才,雷义要把这功名让给陈重,刺史不批准。雷义就假装发狂,披头散发在街上替陈重奔走呼吁,而不去应命就职。后人就把陈重与雷义的荣辱与共、生死相依的友谊称作胶漆之交。
② 元章曾在新疆和江苏任职,在江苏任上曾受多情之诽。
③ 当时,五云、碧芳夫妇在利川避暑。

七律　夜读

伏案不知夜色阑，几番醒醉闭书难。
江涛一度酣高士①，藜火曾经助好男②。
开化愚顽千卷少，点穿黑暗一灯寒。
未知世上存他乐，但觉其间兴味甘。

七律　元章周年祭

元章周年之际，泗洪下了一场雪，青松为君白头……

苍天何必分阴阳？生死相思倍觉长！
昔日枕边论日月，而今梦里诉衷肠。
雪来只怕考山冷，人去才知汴水茫。
君若醒来重聚首，相倾相诉哭一场！

---

① 北宋郭熙《林泉高致》中说"怀素夜闻嘉陵江水声，而狂草益佳"。
② 相传有一天，刘向在天禄阁校书至深夜，当烛尽灯灭后，忽有一位黄衣老人，手拄青藜杖叩门进来，接着将手中青藜杖顶端一吹，藜杖竟燃烧起来，照亮了暗室。刘向询问老人尊姓大名，老人答道："我乃太乙之精，闻知你好学，特来视察，现赠你《洪范五行》之文。"《洪范五行》是商代贵族政权总结出来的统治经验。刘向得此书后，终成一代著名学者宗师。

七律　山行

徐行林下时空忘，唯见蓝天日月忙。
涧水潺潺同我乐，青山处处惹人狂。
一旋一转群山小，一步三吟来路长。
冷眼热心看世界？铺云点雾写文章。

七律　微信赞

栏杆不再被拍遍，一线虚无两地牵。
联句君能随布老①，斗诗我不效江淹。
千言仅要动纤指，万里犹如在面前。
一切都从星上过，手机能耐大于天。

七律　山水

生于碰撞意更坚，来自升腾去似烟。
纵不争前途是海，虽无言极顶为天。
知音最是王希孟，挚友唯余八大仙。
相伴相随成美景，盈盈眉眼泛漪涟。

---

① 布老指孙髯翁，昆明大观楼长联作者。

七律　岳阳忆旧

人生长恨水长东，世味初尝辄止中。
逝去悲欢情切切，眼前聚散意融融。
湖边送爽托皇妹①，楼上开怀谢范公。
秋水长天双寂寂，落霞孤鹜两匆匆。

七律　赠友人

赋诗岳麓忆同游，邂逅西湖意未休。
江岸寻春春在旅，星城聚首尽白头。
羡君芳草三江碧，愧我疏狂四水秋②。
只怕今生缘未了，莫将来世付东流。

七律　暮访洪泽湖

洪泽湖畔洞庭秋，孤鹜飞霞两处愁。
洒下芦花三两朵，祈风令水向西流。
水中忽现华升月，几缕清寒染白头。
天外遥思枫叶落，滩头坐看暮云收。

---

① 皇妹即妙善，送子观音。
② 三江指湘江、长江、黄河。四水指湘、资、沅、澧四水。

七律　秋日寻芳

轻霜薄雾日初升,摆手摇头满宿城。
难顺乡音寻倩影,还从流水觅芳踪。
岸边仰首询垂柳,城外躬身访菜农。
玉露金风何处是,大娘笑指小桥东。

七律　公园漫步

命途多舛欲何求?漫步公园度此秋。
月落西天星照影,日出东海雾缠头。
几株丹桂花初吐,一树幽兰香早留。
更有清新常淡淡,任凭吞吐任悠悠。

七律　新型冠状病毒流行,居家随感

封城为避小虫欺,窗外无人飞鸟稀。
湘水悠悠舟棹少,麓山默默暮云低。
唯余白日与明月,凝视江城鏖战急。
窃寄愁心祈武汉,雷君何日识天机?

七律　只因怕把春辜负

早上8点,见阳光明媚,空气清新,临时起意,乘车直奔南郊……

只因怕把春辜负,旧地重游兴若初。
碑下幸能陪杜老①,花前不敢问仙姝。
梨花输我满头雪,我逊桃花一脸朱。
愿与此园签一诺,从今不再往来疏。

七律　回赠碧芳君元旦祝福

举头遥望洞庭北,欲遣洪福绕凤帷。
江汉碧霄银浪阔,潇湘芳草翠成堆。
借天一盏星和月,涤却生平未展眉。
待到平湖开玉镜,此心安处不需归。

附：　碧芳君《元旦祝福诗》
严冬好景怡心醉,　共品人生酒一杯。
朋友平安家和睦,　心境安宁福永随。

---

① 园内有杜甫诗碑。

七律　世纪之战
——记新冠疫情

初冬未雪喜天晴，新冠忽来举世惊。
数日万人翻作古，霎时口罩立头功。
环球不觉英雄少，普世方知智慧穷。
只作蜗牛门不迈，居家喜讯待时听。

七律　余秋唱晚

来路细将脚印数，难言已把此生输。
百篇文字千秋引，三个璋生五本书。
天下风云眉际过，古今诗韵腹中疏。
未曾奢望三分雅，唯恐粘连半点俗。

七律　再上大围山

百里山门向我开，只缘生性怕尘霾。
千年古树披新绿，一阵清风入旧怀。
夹道欢迎松共柳，前歌后舞桂和槐。
开心最是庭前月，错把山翁当李白！

七律　赞宿迁抗疫

第一江山春好处①，人虫大战九天惊。

来无踪迹去无影，未见刀光也血腥。

汴水有情歌扁鹊，宿城无恙诵南丁②。

马陵别放脱缰马③，烟雨周天远未停。

七律　贺碧芳君长篇小说《走过芳草地》出版发行

黄浦江头别故乡，携云带梦入潇湘。

长江有意引心去，济水无时放眼量④。

润笔密根湖水少，挥毫云梦泽天长。

古今一起颂黄鹤，天下同时读碧芳。

---

① 清乾隆皇帝六下江南，五次驻跸于宿迁，赞叹宿迁为"第一江山春好处"。
② 南丁格尔，意大利人，被誉为"天下第一护士"。伦敦有其铜像。美国诗人朗费罗为其作诗。
③ 宿迁有马陵山。
④ 济水在河南境内，是我国古代非常重要的一条河流，曾经与长江、黄河、淮河并称为"四渎"。现在黄河下游的河道基本就是原来济水的河道。

七律　谷雨吊仓颉①

只因当日愧结绳，方有而今汉字生。
丰歉何须天降粟，是非不应鬼出声。
联合国定中文日，谷雨花开动洛城②。
祭海品茶当此际，暮春何处吊仓翁？

七律　入气象诗社群有感

相伴诗群近半年，分明非梦也非烟。
斗诗你叫江郎窘，联句他学孙老娴③。
和气怕伤先点赞，真知欲见再酌篇。
谁言气象只能理，试看诗峰谁在先。

---

① 在有文字之前，人们以结绳的方式传递信息。传说有一次仓颉因以结绳的错误信息告知黄帝，导致黄帝在与炎帝的谈判中失败，于是辞职归隐，观鸟迹星宿而于谷雨日造出文字。是时，天怕人皆从商而降粟，鬼怕文字而哭泣。
② 联合国将谷雨节气到来的这一天定为中文日。谷雨为暮春，茶丰花盛。雅士品茶，渔夫祭海。牡丹花也叫谷雨花。
③ 孙老指孙髯翁，昆明大观楼长联作者。

七律　秋桐赋

吴宫当日未花开，又惹西楼后主哀。
谢朓乐天先后赞，《诗经·大雅》古今裁。
飞霞楼后随风舞，拙政园中伴竹栽。
谁撒碎金染一色，铿然一叶报秋来①。

七律　赠林澎

屈蠖伸龙纸上徘，青萍一剑笔中裁。
有情冰雪三章绝，无语李桃蹊自来。
作浪潇湘多大爱，兴风汴水少平台。
书山占去三分地，诗海赢来一斗才。

七律　忆肖君②

阴阳两隔近三载，说笑谈天四十秋。
算我今生夫子庙，听君平仄岳阳楼。
常常别后思无限，每每诗成赞不休。
冷暖不知寻柳毅，洞庭望到暮云收。

---

① 西汉《淮南子·说山训》："见一叶落而知岁之将暮。"这个叶，说的就是梧桐叶。
② 肖君曾与我研习平仄律和相卜术。其骨灰安入洞庭湖。

七律　避暑见闻[①]

饭后聊天聚一坪，疫情牵动众人行。
你言都是惊弓鸟，他说全成草木兵。
禄口失职职必免，张家有过过难平。
闹中取静人还静，灯下观天星不明。

七律　雨中伞

曾惊弘血落泥潭，自此无端心未安。
一阵春风吹料峭，几番夏雨共呢喃。
线牵两度两无意，卜问三声三果然。
尖顶穹窗同月受，雨中伞下怕君寒。

七律　五上大围山

别却星城俗世烦，云牵雾扯上围山。
清风阵阵送凉意，山鸟声声说杜鹃。
窗外白云何处去？门前流水似依然。
满墙忽见红丝草，默默爬山在我前[②]。

[①] 避暑地大围山即日封山。
[②] 红丝草，别名爬山虎。

七律　喜得张光亮墨宝

阳台阳羡难伯仲①，墨宝一帧挂室中。
远看恰如云在走，静听似有水流声。
诗书笔墨神无异，行隶兰竹骨几同②。
燕尾蚕头任笔落，何时东海起蛟龙。

七律　两茫茫

十载艰辛共品尝，一朝分手两茫茫。
钟山夜月舒波累，沅水红莲采摘忙。
联句惹来君抱病，改诗搜尽我枯肠。
愧无大海留龙女，只怕从今夜更长。

七律　辛丑重阳，夏长秋短冬来早，感赋

重阳一日分冬夏，无奈樽前不赏花。
觅夏夏随流水去，寻秋秋已到天涯。
阴阳有意芳丛乱，菊桂无英墨客哗③。
难对故人言故事，唯将杯酒向天洒。

---
① 阳台，指李白的《上阳台帖》；阳羡，指苏轼的《阳羡帖》。
② 郑板桥曾将"行隶"喻"兰竹"。
③ 辛丑夏秋气温异常，直到重阳菊桂都没开花。

七律　年年岁岁梦芳菲

年年岁岁梦芳菲，暮暮朝朝展翠微。
人聚寻常谋进步，会开二十议腾飞。
百年风雨船行健，几代英雄舵显威。
山雨欲来坚四野，人间正道总难违。

七律　庆贺气象诗社 300 期

季春辛巳断桥边[①]，窃问东风可有泉？
不料惊秋一叶后，溪流三百已涓涓。
八方气象酥如雨，二百诗翁情似癫。
何惧雪寒霜晓事，只期香气可袭天。

七律　得云海墨宝，喜赋

日品清茶尺素前，欲窥墨宝字中天。
动如雁阵排排过，静似孤云朵朵闲。
才伴伸龙毫下过，又随屈蠖笔中旋[②]。
欲将当作临摹帖，试笔三番总枉然。

[①] 季春辛巳为创刊号日期。
[②] 南北朝徐陵《玉台新咏·序》中说："三台妙迹，龙伸蠖屈之书；五色花笺，河北胶东之纸。"龙伸蠖屈，意思是笔势飞动，书法技艺高超。

七律　祝贺气象诗书画社成立

笔端三友诗书画，气象园中共品茶。
泼墨能令蝶乱舞，挥毫可见浪淘沙。
三人日月师兄友，一笔春秋你我他。
敬上洞庭一盏酒，祝君个个是方家。

七律　流年自遣

雨骤只当天洗面，风狂本是气奔流。
胸装善举如天地，目视重洋似小沟。
日月借霜惊世界，光阴偷雪染白头。
常思宋瑞当年事，直到而今泪未收。

七律　欢迎日本吟咏家代表团访岳

名楼欣接蓬莱士，秋菊披霜待客香。
有意潇湘连北海，无边风月似扶桑。
千年渊源情谊厚，万顷洞庭诗笺宽。
但等明朝极目处，樱花杨柳共芬芳。

七律　有寄

萍水相逢义是情,秋怀共诉说曾经。
春风一去惜琴断,残梦惊回暗自迎。
愧我枉生三尺命,思君仰望一颗星。
寄言南国云和雨,时带欢声入洞庭。

七律　无题

狂风暴雨两凄凄,难忘求医问药急。
结伴湖边观倒影,相拥纸上起涟漪。
掌中风景称君美,腹内诗书愧我稀。
湖水眼前拍岸过,心潮何故未决堤?

七律　邸长华法门寺拜佛

细雨霏霏正涤尘,长香烛火此心纯。
虔诚作揖合双手,跪拜低头着地身。
大宝殿中瞻舍利,功劳箱里表精神。
但期犬子明年试,金榜题名梦变真。

七律　咏网络

自有茫茫一线牵，释疑解惑霎时间。
八方音讯传天外，千里亲人到眼前。
指上轮番三四秒，胸中上下五千年。
心游万仞观天下，精骛八极众若仙。

七律　游华山

五岳寻仙兴未穷，三山访古意正浓。
五云峰上五云近，金锁关前金锁同[①]。
南岭遥看公主老[②]，西山只见暮云红。
谁言此处险为首，足踏苍龙露笑容[③]。

七律　读

春到人间书上迟，常邀日月伴霜姿。
山重水复皱眉后，柳暗花明拍案时。
字字如星云朵朵，行行似浪马嘶嘶。
浑然忘却皆身外，永远相拥是未知。

[①] 有朋友名五云。华山上有金锁关，余家金锁镇。
[②] 南峰与公主峰相对。
[③] 有题字曰"五岳华山险为最"，华山最险处为苍龙岭。

七律　洛阳郊外的那个午后

日到林间脚步轻，风清鸟静水云停。

孔丘秀口倾心吐，老子躬身侧耳听。

半日对谈谈不尽，千年一晤悟难穷①。

时光深处千寻瀑，历史天空两座星。

七律　逍遥长沙

碧芳君嘱我："有空就去杜甫那里坐坐。"

营盘曾对稼轩饮，南苑常和杜甫聊②。

贾谊宅中读策论，屈原祠内背《离骚》③。

心头思绪五湖水，腹内诗书一座桥。

我与四君签一诺，常来常往不需邀。

---

① 相传，老子送孔子的临别赠言："吾闻富贵者送人以财，仁人者送人以言。吾不能富贵，窃仁人之号，送子以言，曰：'聪明深察而近于死者，好议人者也；博辩广大危其身者，发人之恶者也。为人子者，毋以有己；为人臣者，毋以有己。'"
② 长沙营盘街有辛弃疾雕像。南郊公园有杜甫诗碑。
③ 贾谊故居在太平街。湘江与汨罗江交界处有屈子祠。

七律　洞庭湖

大地腮边小酒窝，霞觞半满洞宾酌。
热心只怕征帆少，骚客更因文正多[①]。
四水南来龙聚首，一江东去水遗珂。
恍如日月梳妆镜，恰似湘妃泪作波[②]。

五律　晚归

身后湘江去，霓灯马路忙。
涛声随水小，人影近光长。
月朗星星少，风轻树不狂。
敲门长缩手，怕扰凤帏香。

[①] 北宋范仲淹有《范文正公集》。
[②] 湘妃，传说中舜帝的两个妻子，即娥皇、女英，是尧帝的两个女儿。舜帝晚年时巡察南方，在一个叫作"苍梧"的地方突然病故，娥皇和女英闻讯前往，一路痛哭，眼泪洒在竹子上，人们将这种竹子称为"斑竹"。娥皇、女英们哭后，飞身跃入湘江，为夫君殉情而死。

五律　秋游洪泽湖湿地：登穆墩岛

天地两无缝，人芦共染霜。
天鹅头上过，鸥鹭水中忙。
穆子蟹鱼瘦，仙姑荷叶黄①。
何时别样碧，再次赏茫茫。

七绝　题《橘子洲夕照》

秋心秋色两相和，菱格调光费琢磨②。
湘水长天云渐少，落霞还盼雁飞过。

七绝　牛市偶得

辛苦十年欲解牛，铁鞋踏破也难休。
不知何故神思涌，从此庖丁得自由。

---

① 相传穆桂英曾在此练兵，岛内莲荷因何仙姑而生。
② 菱格是摄影技巧。

七绝　贺孙女子轩录取伦敦学院

虽无看尽长安花，澎湃心潮未有崖。
愿借英伦桥下水，蓝天作纸写中华。

七绝　暴雨

九天泻尽风云怒，人世冲刷万里埃。
龙卷洪波鱼鼓浪，江河横溢向人来。

七绝　遥寄诸友海南会

广东和道志在海南邀元章和我一聚。因尘事缠身，唯我虚席。扶笔遥祝，偶得几句。

千里海南一聚首，四人相对笑白头。
水天遥看成一色，莫叹平生志未酬。

七绝　江左河滩观橘洲焰火

繁星皓月相辉洒，又见人间放焰花。
送爽江风人共语：今宵此处可安家。

七绝　又上大围山

花无香阵月无圆,天赐围山让我癫。
三醉未眠非倦客,一丝不挂是蓝天。

七绝　观光亮书法

凤正舞时马未缰,笔如快婿少东床。
只因没见嘉陵水,心比藏真少点狂①。

七绝　秋游洪泽湖湿地:游芦荡迷宫

湖内河流通四方,芦花夹岸送人忙。
忽闻荡内欢声起,惊醒飞禽一行行。

七绝　致广东

化工厂里诉衷肠,气象园中借酒狂。
湖畔芦花催我老,洲头橘子待君黄。

---

① 怀素,字藏真,曾听嘉陵江水急而狂草更狂。

七绝　致元章

难忘大湖螃蟹宴,千言难尽汴河边。

但期小恙稍轻后,再去读君今古篇。

附:元章《为必元兄游穆墩岛记事兼和〈致元章〉》

那天登岛疾风劲,　骚客安然心自轻。
留下榭前名士影,　主人格外喜逢迎。
艰辛磨砺身曾病,　早已安康天报应。
名就功成无憾事,　麓山洪县任君行。

七绝　晨得元章和诗,喜而作

醒来忽见有诗行,戴镜披衣喜欲狂。

两月回乡蒙厚爱,洲头橘子待君黄。

七绝　题马

俯喷仰啸如金石,百战归来汗洗尘。

喜共英雄辉史册,更为虞坂叹无人。

七绝　立夏赞孟获 ①

七擒七纵感恩浓，今日提兵入晋宫。
最喜丛林悲壮士，愚忠如此亦英雄！

七绝　避暑大围山

整日竹拥松妒中，不知山外太阳红。
清风不请南来缓，吹我心中一片空。

七绝　题友人《映日荷花别样红》

西湖曾伴度晨昏，半若昌宗半若君 ②。
敢向碧空赊月色，不知何处再争春？

---

① 据传诸葛亮临终嘱托孟获每年要来看望蜀主阿斗一次。诸葛亮嘱托之日，正好是这年立夏，孟获当即去拜阿斗。从此以后，每年立夏日，孟获都依诺来蜀拜望。过了数年，晋武帝司马炎灭掉蜀国，掳走阿斗。而孟获不忘丞相嘱托，每年立夏带兵去洛阳看望阿斗，每次去都要称阿斗的体重，以验证阿斗是否被晋武帝亏待。他扬言如果亏待阿斗，就要起兵反晋。

② 公元697年，张昌宗和哥哥张易之一起入寝宫侍奉武则天，人称五郎、六郎。张昌宗官至春官侍郎，美姿容。时人或誉张昌宗之美曰："六郎面似莲花。"杨再思独曰："不然。"昌宗问其故，再思乃曰："乃莲花似六郎。"

七绝　晨起惊雪

苍天数滴相思泪,惹得江山尽白头。

但愿天人能合一,从今不再有离忧。

七绝　班门可弄斧①

曾经激烈九番战,墨子轻松胜鲁班。

楚将暂时刀入库,宋人一度保平安。

七绝　致友人

《告别过去》解风流,邂逅西湖意未休。

愧我心沉余照里,羡君月上柳梢头。

七绝　重游年嘉湖

去年今日此园中,柳绿桃红三友同。

柳绿桃红依旧在,水边倒影空余松。

---

① 公元前 440 年,小孔成像和世界上第一个风筝的发明者墨子听说楚国欲攻打宋国,立即到楚国,通过和鲁班的九番战,终于赢了鲁班,使楚王放弃攻宋。

七绝　辛丑气候异常有感

节过重阳菊未开，小园低首独徘徊。
苍天何故换时令，教我茱萸何处栽？

七绝　题《残荷》

阅尽炎凉听雨声，叶残不忘舞东风。
借来大地一丝暖，为见春君守此生。

七绝　论文被引用数再破百

风雨兼程五十年，天机待解著残篇。
承蒙今有百君爱，老去更知苦后泉。

七绝　阅图有感

脊去槽来四十秋，此心只在铸方舟。
向天再借十年寿，敢把天机一笔收。

七绝　题翊州七岁天坛写真《松树》

轻描淡写此株苍，堪比王希一卷长①。
入木三分心易到，毓才八斗海难量。

七绝　南郊公园一日游

其一　入园

晨来独步到公园，弱柳妖桃笑我癫。
唯有松哥情义重，问余何故白发添？

其二　杜甫诗碑前

似念江南又一篇，躬身站在石碑前。
歧王崔九堂中客，谁伴孤舟湘水前？

其三　登数红阁

数红阁下千枝翠，艺绿居前一水横。
时有浮云遮眼过，偶听鸣鸟两三声。

---

① 王希，指王希孟。

七绝　桂花树下

已把今园当月宫，晨昏树下有书声。
吴刚贬作添香客，斧子轻轻向海扔。

七绝　酷暑吟

地烤天蒸何日休？吴牛喘月遍神州。
会当舀尽银河水，洒向人间都是秋。

七绝　此叟可交一万年

久住深山松竹边，分明非隐也非仙。
蓝天捎话给云朵：此叟能交一万年。

七绝　题公园一景

玉立亭亭丈出头，缺枝少叶一身秋。
忽然瞥见梧桐树，顷刻生成绕指柔。

七绝　谒元章陵

手捧鲜花声哽咽，蹒跚来到墓碑前。
此别不是无穷日，来世今生未了缘。

七绝　辛丑清明，元章墓前

君眠泉下不知愁，我寄人间忆未休。
洪泽洞庭双泪眼，湘江汴水两边流。

七绝　踏雪归来

谁家屐齿印琼台？毁却人间一片白。
若令北风镶玉镜，谁将挂到庙堂来？

七绝　梅桂亭闲坐

忽闻身外有清香，久坐凉亭岁月忘。
但觉微风真有意，桂梅相视点头忙。

七绝　围山偶拾

活在人间人不识，身居仙境应知仙。
心生万物始为地，俯瞰群山才是天。

七绝　独居患眼疾戏作

整天整日闭双眼，无法无天缥缈间。
世上虚无都属我，目空一切乐无边！

七绝　竹悲

陈谷山中千竿翠，一生展尽细柔直。
空山老死无人问，都道只缘心不实！

七绝　连云山云游

深山不厌老林游，休道天凉好个秋。
知否连云天尽处，一翁一壑也风流！

七绝　山恋

何惧茫茫山十万，愿将余血付疯狂。
朝行和露惊晨鸟，归去披星忆夕阳。

七绝　下山

山月清风伴我回，依依竹叶鸟惊飞。
门前流水还依旧，暗笑人归心未归。

七绝　重阳忆旧

重阳无处就黄花，独上高楼自品茶。
数遍指头寻故友，如今个个在天涯！

七绝　再访南郊公园

连续去刚整修过的南郊公园，只为那几十方幸存的诗刻……

重整南郊暮色深，诗碑幸有半残存。
轻轻拾起樟边帚，淡扫诗身一段尘。

七绝　题友人所摄《梅溪湖》

水笼轻罗梦境浓，非烟非雾有无中。
梅花仙子今何在？楼内传言妆未成。

七绝　新冠隔离

见君还是两年前，虽是同城也枉然。
恨我不能成量子，隔空万米可纠缠。

七绝　菜花丛中小憩

一次浅尝生与死，两番笑对杏林刀。
苍天垂爱九年后，报与黄花一处飘。

七绝　别意

别意情怀了却难，缠绵旧事总依然。
而今取舍皆成恨，恨到三生入稽山。

七绝　满船尽是古今愁

岳阳楼下忆孤舟，怀甫亭前久逗留。
何故游船游不动？满船尽是古今愁。

七绝　贺林含光小学作文《北疆南国》在《小溪流》发表

牛刀初试小溪流，天下新疆纸上收。
莫道今朝溪水浅，他年大海泛轻舟。

七绝　避暑岁月

一日只为三顿饭，摸黑起早也无烦。
窗前最恨白云过，飘去飘来笑老男。

七绝　虚位以待

晴空似锦任峰裁，岁月如花是处栽。
细拂青山三片石，不知寒友可曾来？

七绝　南郊公园寻崔护诗刻

原来公园内有诸多诗词碑刻，其中有崔护的《题都城南庄》。去年公园修整，如今再三寻找未见。

寻碑只怪我来迟，诗与桃花两不知。
若是痴情能唤醒，愿开怀抱任由之①。

七绝　有感于两次中年路人称呼我为阿姨

两番听见阿姨叫，岁月犹如手术刀！
如此可将人性改，世间能不是非淆？

七绝　问桂

整日桂花树下闲坐，翘首花开。但花期已过，花信全无……

已过佳期九月间，桂花何故未争妍？
知音唯有易安女，苦苦留芳到哪天？

---

① 传说崔护第三次游南庄时，将已死桃花女揽入怀中使其复活。

七绝　有感于七亿人被"烧烤"

日日高天滚火球，神州遍地是吴牛。
当年后羿今安在，能叫天凉好个秋？

七绝　咏网名

手持北斗舀银河，饮尽瓢干访普陀。
昨夜天庭捎一梦：牛郎织女往来多。

七绝　雨后

又见西山面色开，清风阵阵入怀来。
谁将天地暗中换，人世从今绝雾霾？

七绝　雪亭独酌

赠予人间一片肥，飘飘洒洒满天飞。
抹平多少心中事，回敬天公酒一杯。

七绝　大龄女

身冷魂香闺阁中,芳心不与俗人同。
意中欲觅才一斗,无奈人间慧眼穷。

七绝　三上大围山

新竹山头绿叶裁,尘喧化作菜花开。
庭前柿树应知我,前度闲人今又来。

七绝　追忆

心驰神往赌春秋,诗海轻舟结伴游。
诗未穷时人已去,从今日日梦湖洲。

七绝　示静儿

昨日西园泛嫩黄,今朝一片白茫茫。
满枝新绿可期待,何必担心一夜霜。

七绝　题孙女林枢瑶出生小照

一声小闹又春眠,林下风华眉宇间。
弄瓦弄璋皆是喜,谁言今日不天仙!

七绝　记旭儿海儿宿于华山之巅

雾海奇峰天地间,凡人至此也成仙。
安家何必要华厦,一顶凉篷一洞天。

七绝　善有善报

近日细数同窗故友,窃喜曾经对我解囊相助者,如今都与"官"有关。

世事行来善意深,曾经菩萨救穷人。
上苍有眼巧安置,我未倾泉天报恩。

七绝　参观黎勇先生诗词书法作品展

笔惹行云归妙翰,情邀流水入诗篇。
星城走马兰台客,常令方家久汗颜。

七绝　长沙纪行

不是南来寻桂花，泛舟诗海本无涯。
书声林下谁更朗，记忆一车送到家。

七绝　追忆

幽树河边曾照影，小园竹下又双飞。
为何好梦成追忆，让我人归心不归。

七绝　友人旅游因疫情被隔离

青海湖边几处游？而今一日似三秋。
问君此刻身何在，我想平分一点忧。

七绝　电影《基督山伯爵》观后

宝藏一山没白丢，情仇兼得两丰收。
不知仲马可曾想，千古耶稣不说仇？

七绝　大暑三首

其一　城市马路

马路平平化出油，奔驰宝马晒温柔。
警官勘后无言语，指指当空白日头。

其二　田头树荫下

大汗淋漓一劲揩，男人个个欲开怀。
丝裙少女不嫌短，想雨思云风不来。

其三　山村夏夜

栏内黄牛为月喘，知了独唱未停声。
门前狗吐舌头睡，摇扇山农到五更。

七绝　爬山虎

似虎爬山正是君，不分日夜暑中勤。
待得爬满墙角后，送给山人一片阴。

七绝　七夕随感

后羿牛哥不必焦，起身我赴月宫邀。
夺来吴子怀中斧，扔向银河作鹊桥。

七绝　为嫦娥正名

爱羿方吞小药丸，喻之为窃是讹传。
嫦娥本是农家女，菲碧收留亦自然①。

七绝　回乡途中金陵小聚

百岁光阴屈指间，都将白发兑童颜。
离情满满一杯酒，别绪滔滔五更天。

七绝　爱晚亭之梦

爱晚亭中一梦残，张生罗典正依栏②。
凌空玄鸟飞难继，飘落碑前访二南③。

---

① 关于嫦娥奔月的故事有三个版本：其一，嫦娥被逢蒙所逼，无奈吞下灵丹成仙；其二，嫦娥擅自偷吃灵丹奔月，被月神贬为蟾蜍；其三，嫦娥奔月后，每年八月十五仍与后羿相会，于是有了中秋。菲碧为月神。
② 张生即张栻，常在爱晚亭讲学。罗典是爱晚亭的建造者。
③ "二南"，即南宋的张栻（号南轩）和清代的钱沣（号南园）。爱晚亭侧后二十多米处，有放鹤亭，亭内有二南石刻，刻有张栻的《青枫峡》诗和钱沣的《九日岳麓》诗。

七绝　自嘲

此山此水甭嫌我，鹦鹉学舌杵在磨。
只恨五音生就少，欲张肺气要嚎歌。

七绝　山翁

朝来炒股暮吟诗，一个山翁半个痴。
市上牛熊吾略懂，痴人心境只天知。

七绝　山行

山路行来急且忙，晨昏出没数山冈。
四千米短知年迈，串起汗珠比路长。

七绝　题《夜读红楼梦》

夜阅红楼雅兴浓，添香红袖有无中。
润肠欲饮何人送？掩卷更思了是空。

七绝　送别

眼前恰似灞桥边，折柳而今非少年。
鸿影无声难起翅，眼波暗自泛漪涟。

七绝　回不来

桃柳曾经一处栽，桃花柳絮错时开。
忽然一阵风吹过，落叶纷纷回不来。

七绝　辛丑清明，父母墓前

虽无朝夕侍尊前，捷报曾经当纸钱。
缘分今生天注定，他乡不久再团圆。

七绝　题《晨游年嘉湖》

醉雾朦胧天欲晓，春还未醒过虹桥。
水天一色难分辨，暂把相思挂柳梢。

七绝　卧佛寺后山游

黄叶村边几逗留，山中一梦写红楼[①]。
暮云已令天翻覆，神女依然意未休。

七绝　南北院三首[②]

其一

南院唤雨呼风累，北院谈天说地闲。
几朵白云频窃语：人间各自享天年。

其二

南院灯火星星点，北院滑梯已入眠。
一片乌云来又去，雨滴落下是馋涎。

其三

南院妙啭舞蹁跹，北院白发逗少年。
片片浮云留后悔：当初不应远人间。

[①] 黄叶村是清代曹雪芹写《红楼梦》的地方。
[②] 南院为工作区，北院是退休人员生活区。

七绝　小草

野火春风都不怕，大石之下更销魂。
愿随姐妹在一起，一片浓荫送给人。

七绝　汴水漫步

其一

莫向临淮关外行，低头且叹且沉吟
名篇四代成过去，一段残河照古今①。

其二

汴河休问谁开凿，水殿龙舟历代多②。
醉我并非徐国酒③，丝丝垂柳舞婆娑。

七绝　无题

独立云中不入时，东风不染瘦霜姿。
从来看客逐桃李，不识人间第一枝。

---

① 名篇，指《清明上河图》。残河，指汴水如今只剩青阳到临淮一段。
② 水殿龙舟，指隋炀帝南巡奢华事。
③ 泗洪属古徐国。

七绝　归来晚

回乡小聚归来晚,满桂留花待我香。

已把广寒搬到此,从今不再有吴刚。

五绝　独趣

日日访湘水,周周登麓山。

相看皆不厌,顾影影成三。

五绝　秋游洪泽湖湿地:新四军四师师部①

荡内英雄气,湖中苇是枪。

部前行一礼,知否读湖殇?

五绝　蜂蝶

微风吹破天,人醉菜花前。

采蜜蜂不动,多情蝶蹁跹。

---

① 芦苇荡内有当年彭雪枫为师长的新四军第四师师部。

五绝　暮登岳麓山

取道清风峡，人行石濑歌。
拨云寻石凳，对月思嫦娥。

五绝　读书小注

史读二司马，文看八大家。
哲从宁往古，可惜眼正花！

五绝　牵牛花

寂寞草丛开，无香蝶也来。
牛郎何处去？移向自家栽。

五绝　大海无浑水

大海无浑水，闲游别想鱼。
潜心结网者，容易满仓余。

五绝　南郊公园杜甫诗碑前独坐①

诗圣嗟何事？孤生仰慕狂。
碑前独坐久，不觉古今长。

五绝　吾庐独坐

帘卷桂花香，窗含岳麓苍。
闲云偷眼过，湘水耳中忙。

五绝　悯牙

一头飘雪花，口内欲新芽。
生不逢时者，非吾却是她！

---

① 公园中杜甫诗碑上刻有杜甫诗《祠南夕望》：百丈牵江色，孤舟泛日斜。兴来犹杖屦，目断更云沙。山鬼迷春竹，湘娥倚暮花。湖南清绝地，万古一长嗟。

词

如梦令·接站

夜冷月残花歇，车慢路遥心切。拭目踮双趺[①]，遍数行人未阅。未阅，未阅，连叹不该相别。

如梦令·蝴蝶、蜜蜂与花

花上翻飞蝶累，静静吮花蜂醉。一样在花中，都说本君最美。最美，最美，谁解个中真味？

水调歌头·思念

花瘦惜春尽，梦好醒难留。一文征笔君去，留下万千愁。雨绕君山云气，空挂庭湖四水，心绪怎么收？早料欲肠断，不使有当秋。

从今后，空白首，一生休。此间好处，湖海除却不云游。曾托书鸿无袖，再有文章朋友，不敢写离忧。渺渺楼高处，能解损风流？

---

① 趺（fū），即脚，见苏轼《菩萨蛮·咏足》。

沁园春·中秋怨

谁教中秋，岁岁年年，复制伤心。望银河两岸，泪星闪闪，牛郎织女，异地如今。尼采难双，嫦娥未嫁，此景能和谁共吟。更何况，有楼台近水，辉惠不均。

常年变幻频频，竟云隘雾关难见君。有高山哨所，见园即畏，边防海外，泪目双噙。地久从无，天长未有，更哪堪无数大军？当此际，念世间游子，空对无垠。

沁园春·喜迎香港回归

百年沧桑，万众蒙羞，城下之盟。怅紫荆不发，落花有恨；香江含泪，流水无声。潮起潮平，月圆月半，可叹明珠久少灯。盼归日，笑帝国日落，拱手心疼。

想来谁济苍生？有多少英雄共抗争！毁虎门鸦片，林公豪壮；一国两制，邓老谋丰。彭氏无缘，董郎有幸，遗恨难平是大英。庆重聚，看环球都笑，除了西风。

沁园春·雪

　　晨推寒窗,风卷银浪,天撒鹅毛。望千山失翠,八荒缟素。鸿蒙初辟,天地混淆。万籁无声,银寰有色。人世污浊尽自消。茫茫处,将欣然一笑,付与眉梢。

　　穆公竹曲重调①,让洒洒洋洋尽管飘。待沟平壑满,高低同度。蝇不争血,世灭尘嚣。洁满乾坤,人心沁玉。四海无波胸自涛。再放眼,看此时人间,真大同了。

沁园春·赋雨淞

　　一夜寒风,吹满人间,玉树琼台。看阵风拂柳,如妃狂笑,簪冠暗落,环佩轻摔。山水无声,天寒地冻,封住尘嚣绝纤埃。惊人间,问蒙荣万物,何幸如哉!

　　琼楼玉宇成排,催仙女何不下世来?有诗筹酒令,已经设定,良辰美景,直便开怀。怪上苍精,恨人情笨,此景全输我辈才。须赶快,向姥山唤醒,月下李白。

---

① 《穆天子传》记载,周穆王南游时,在黄竹路上遇风雪中受冻之人,作《黄竹歌》三章以哀民。

西江月·爱晚亭独坐

两块刘哥烧饼，一瓶九月山星，爱晚亭中览云情，煞了哪家风景？

正笑当年栻典①，娇花驯鹤成精。饮得今日两三瓶，几分痴几分醒！

西江月·梦游岳麓山

白鹤泉边照影，清风渠内徐行。麓山两日笑相迎，樽酒临风千顷。

正叹罗公不定，熹张如影随形。把壶且唱且摇铃，似醉如痴如醒。

鹧鸪天·登大围山七星岭

和露登峰天地间，云牵雾扯别青山，曳襟风冷呼呼过，侧耳渐闻月桂鲜。

手挽手，两并肩。频频摆手对山巅。泪飞忽变人间水，传说纷纷化作仙。

---

① 栻典，即张栻和罗典，爱晚亭的修造者和讲学者。

鹧鸪天·登溧阳草山

万缕闲云一去之，对天还要我成痴。借来残雪作双眼，却惹青山来献诗。

呼李白，我来迟。遥看手把绿仙枝。眉开多在诗成后，冷眼常为山尽时。

南歌子·洞庭之夜

洞庭之夜，时值岳阳楼菊展。

含泪金轮上，怯霜菊影斜，无风洞庭透平沙。好一幅水中月、镜中花。

流水无声去，征帆泊天涯。滩外孤鹜忆落霞。有谁会楼头客，叹年华。

南歌子·赠友人

向来灵秀地，原为楚国骄。谁料碧落发昏招：花烛泪，金钗痛，杏林刀。

且把前边事，都朝远处抛，从今步到即为桥。养玉容，调心智，众人娇。

少年游·回首

老来回首,如游蜀道,一路莽苍苍。平生心愿,全因暴雨,心想也荒唐[①]。

不怪岳阳名楼俊,勾魄是文章!再从光阴追年华,眉藏雪,鬓成霜!

少年游·过梅花山

去年山里,白云缭绕,君送我梅花。今天重过,白云似旧,只绿叶独答。

一步一思抬头望。山上是谁家?饮尽清浊犹不醉,秋风累,不关她。

少年游·远行,泪别双亲

北风萧瑟,苍丝难系,枝叶又飘零。天颜看取,云山紧锁,阴意几时晴?

不解此生寻常事,心役却为行。只好殷勤尊前劝:西窗外,望浮云。

[①] 高考填志愿时,因为一场突如其来的暴雨,填报了气象专业;大学毕业分配时,仅仅因为一篇《岳阳楼记》,申请到湖南工作。

一剪梅·玩雪

今日聊发年少狂,手接飞琼,脚踏茫茫。梨花费尽塑一尊,眉宇旁边,些许夸张。

童众相邀成一帮,频频摇手,没有商量!审完雪者看余身:两个银人,一样慈祥!

一剪梅·幸会泗洪

谁借兰亭到泗洪,南约宏图,北请阿东。何须汴水把秋分,潇洒元章,道志雍容。

姜氏二雄大将风,不拒豪饮,只怕杯空。大湖穆岛恨遗留:聚也匆匆,别也匆匆。

一剪梅·送友人去湖州

屈指行期盼晚霞,整日却见,雨脚如麻。今天笑我似东君,车过星城,咫尺天涯!

我托白云送到家,不知何时,云返长沙?空翘首满目皆为,玄武寒梅,吴兴荷花。

一剪梅·避暑麒麟（林）山庄

小隐山林避热魔，天上人间，世外城郭。窗前柿树月中花，日里遮阴，风里婆娑。

夏在山下猛上坡，春在山上，卖弄婀娜。有缘最是两麒麟，昌我时时，佑我如昨。

清平乐·回乡赴表哥宴

客厅不简，似月餐桌浅，长幼辈分围一圈，一举酒杯开宴。

大婿阿堵常收，二婿才盖金瓯，三婿四房掌印，表哥喝酒不休。

卜算子·游南岳

人去已三秋，我到冰眸饿[①]。细拂青山片片石，疑是她曾坐。

绝顶几登临？松下曾依过？望日台前望银河，空瘦人三个。

[①] 冰眸，即眼睛。见唐人李晔之词《巫山一段云》。

南乡子·登紫金山

举手把云拉，作杖松枝石再擦。抬眼一看山好远，来啊，和露正宜赏桂花。

双脚立高崖，对日和风就冷茶。饮尽长江不必返，忙啥，落去夕阳有桂花。

汉宫春·为人寿

江陆翻沉，似云烟过眼，九十春秋。平生细想，谁是骑鹤扬州①？淫淫之夏，有多少，喘月吴牛。想当日，奋时范相，曾经几度摇头？

君看长江泻玉，更君山泻碧，浩气长留。竹青不惊松瘦，宠辱何求。年年风雨，要三平，二满方休。希鲐背，青松不老，四时日月悠悠。

---

① 南朝梁的殷芸所著《小说》卷六："有客相从，各言所志，或愿为扬州刺史，或愿多赀财，或愿骑鹤上升。其一人曰：'腰缠十万贯，骑鹤上扬州。'欲兼三者。"

忆少年·梦

君言有梦：鼓钟重奏，交杯重碰。眉山展春皱，泪眼秋波横。

自起疑云消自梦，转眼间，雨狂风盛。空留一声叹，落下三千冷。

忆秦娥·残雪

新春节，闲同夕照望残雪。望残雪，点点飞萤，斑斑风月。

飞花送瑞春成绝，春来人间如飞雪。如飞雪，天上人间，一齐明灭。

满江红·千秋祭

拔地韶峰，穿云雾，向天擎碧。临万顷，三江似带，天地如席。群山起伏似朝东，青松怒挺农奴戟。跃一轮红日出山来，开世纪。

沐春风，人亿计；曙色照，天地一。怅九州未同，匆匆人去。雄文尽展平生志，书声唤起寰球力。倾四海琼液都作酒，千秋祭。

高阳台·登岳阳楼忆旧

回首当年,登楼有梦,同舟共看湖山。碑上湘妃,曾经看了还看。幻想前度刘郎在,却只能,拍遍栏杆。也明知,想想君行,欲见君难。

此时狂客能何处?看一湖春草,绿了枯还。可叹人生,此时不是当年。望中只恨湖山远,到如今,空忆朱颜。爱登楼。不敢登楼,只怕身单。

散文

小鱼塘记

弯弯的徐洪河从村北流过。河堤上的白杨挺拔颀长。阳光透过白杨林洒在地面上,成了一块块碎金。我每天就在这河堤上踏着碎金漫步。河堤内侧,平静的河水缓缓地向东流去。河岸边有很多垂钓者。我照例近前观看,不乏劝我一试者。但我的高论"此乃骗术,不屑为之",又会赢得很多惊异的目光。又想到"临渊羡鱼不如退而结网",就又回到河堤上。河堤的外侧,三口方塘一字排开。每口方塘约有半亩。塘中不时有鱼跃起,似乎是在欢迎我这不速之客。我便坐在池塘边细细观赏起来。池水浑浊,鱼儿不时泛起,激起的圆形波浪慢慢地向四周散开。大波小波时而重叠时而消失,一波未平一波又起,使得整个塘面波光粼粼,很不平静。这使我想起"水至清则无鱼,人至察则无徒"的古训。刚坐下不久,一个农夫向我走来。细观此人:瘦削的脸被太阳晒得黝黑,身高不足五尺,年纪约 50 岁。裤子和上衣都是灰黑色的,衣服略显破旧,看上去像是一个穷人。他用狐疑的眼神看着我。我只好站起,略施小礼。他说他是这鱼塘的主人,五年前承包了鱼塘。我问效益如何,他说每两年清塘一次,每次可得鱼约 1 万斤,每斤鱼卖 5 元左右,每年可收入 25000 元,相当于 25 亩田地里庄稼的收入。他每天都在这里看鱼塘。我不解地问：有人偷鱼？他说，主要是有人偷钓，本村的熟人一般不来偷钓，有时外地的生人会来。我问：你们如果抓到偷鱼的人，怎么处置呢？他笑着说：不处置！每当看到偷钓者，如果他钓着鱼了，我们就叫他把鱼拿走，希望他下次不要再来了；如果他还没有钓到鱼，我就送他一条鱼，也和他说一声，请他下次不要再来了。我又问：现在偷鱼的人多吗？他很得意地说：现在少多了，而且越来越少。听到这里，我惊异地望着这位穷人：身高何止七尺！身价何止千万！

孟家媳妇

这次回乡，因为姐姐意外摔伤，我一直住在姐姐家，全程陪护。每天就我们姐弟俩过日子。有一天，姐姐用没有摔伤的左手，从水缸里舀了四桶水，每桶约有四十多斤。我问她要做什么，姐姐说要浇菜。菜园离水桶处虽然不远，但也有三十多米。我想：谁来把这四桶水提到菜园里呢？我姐姐四处骨折，显然不能提水。而我虽然是个"人高马大的男子汉"，但因早年腰肌劳损，腰部只能承受五斤左右的负荷。正在犯愁的时候，从门外来了一位老年妇人。她看了看我们姐弟俩，二话没说，不管三七二十一，一手提着一个水桶，大步流星地往姐姐家的菜园里走去。过了一会儿,又来提走另外两桶水。在之后的几天里,这位妇人常常来我姐姐家串门,并时常拿来一些农产品给我姐姐。有一次拿来红枣,说是自家树上结的;有一次拿来紫皮花生,说是自家地里长的;有一次拿来一些鱼,说是她丈夫刚从河里钓的。姐姐也常常回赠她一些她家没有的东西。几天来,她看到姐姐家有事就帮着做。有一天,我问姐姐这位妇女叫什么名字,多大年纪。姐姐说:"她没有名字,大家都叫她孟家媳妇。我们农村不像你们城里人,怕别人问年龄。但不能问这孟家媳妇的年龄,因为她压根儿就记不住自己的出生年月。但我们全村人都知道她今年68岁。"我问为什么?姐姐说她是个"不识双数"的人。我知道"不识双数"的意思,用"官方语言"来说,就是不会做加减法,更不会做乘除法。但姐姐说孟家媳妇的针线活是全村一流的,她的孙女已经硕士研究生毕业,正在准备考博。我又问:"她家里谁管钱?"姐姐说:"她家就他们夫妻俩过日子,家里所有的钱都由她管,用你们的话来说,她就是她家的'财政部部长'。她虽然不识双数,但识整数。她认识10元以上的整数。她丈夫不喜欢赶集,一般也很少用钱。如果用钱,就向她要。"我更奇怪了:"那她家的赶集买卖都是谁做呢?"姐姐说都是孟家媳妇。她卖东西的时候,只说价格,买东西的人给她多少钱,她就收多少钱;她看中东西要买后,付出整钱,对方找多少就拿多少。我又问:"她家的日子过得怎么样?"姐姐说,很好的。他们夫妻俩忙时种田,闲时钓鱼串门。家境在村里算是中等偏上。听完姐姐的介绍后,我觉得这孟家媳妇的脑子里有两条铁律:一是见事就做,不管你家我家;二是做买卖时只有两个词:价格和随便。有了这两条铁律,一切都变得简单了。普天下有很多聪明人,但有多少能有孟家媳妇这样的境界呢?如果大才子郑燮先生见到这位孟家媳妇,一定会引为知己的。

给 虚 无

一

我的朋友叫事业,可是他还没有出世。而你,虽然没有见过,但时时生活在你的怀抱里;虽然从未相识,但也永不离弃。所以只好写给你——

我原来也是虚无,只是在一个灾难的年头里变成了实有。从此饥饿之鬼便咬着我死死不放。吃掉了我身上的肉,剥下了我脸上的皮。我在贫穷的苦海中跋涉,在知识的海洋里搜求。我喘息着,搏斗着,虽然曾晕倒过去,差点变成虚无,但我胜利了。

我没有忘记,在我挣扎着的时候,少数的好心人曾伸出了手。

可是白天太短。短暂的白天之后便是暗夜。这时候死死诱着我的不再是鬼，而是神。是丘比特派来的希望之神。她使我兴奋，又使我失望；常使我高兴，又常使我苦闷。她打开了我的心扉，却又锁上了我的双眉。她使我领略了人生的仙境，可是她却要偷偷地离去。后来，我在鲁迅的书上找到了她。

我并不昧着良心，在我的心里，也曾有过春天，有过绽开的花朵。这花朵越开越大，越大越香，占有了我整个的心房。我用我的心血浇灌她，用我的真心祈祷她，用我的笔蘸着我的血和泪写下了与花齐艳的诗篇。可是时间太短了，只有八年，况且在这八年里，有过多少次风吹雨打，日晒雨淋。又有过多少次蜂钻蝶采，鸟欺花妒。而今，夏的产物——青青的草儿终于赶走了春天。随着这春天的离去，在我的心头降了一场大雪。

这雪，虽然太寒冷，可是却使我的心更洁白。这雪，虽然太寒冷，却使人感到生命的力。于是，我用我的整个心胸承受着这压折了枝头的白雪。让我的朋友，趁着这茫茫的白雪出世吧！

二

转眼又是几年了，可在我的心中，却没有经历过四季的变化，一直是冬天。只是在一个偶尔的机会，当一朵雪花飞到我窗前的时候，似乎看见过春的影子。于是，心头的积雪开始融化。融化的雪水汇成一条条小溪，在心中奔流。可是，转眼间，春的影子便飘然而逝了。于是心中那奔流的小溪，便骤然冻结，变成了一道道伤痕。可在这满是伤痕的心上，却留下了一尊偶像。于是，就像侍女侍奉阔少一样，我把我的诗和这颗受伤的心，放在盘子里，小心地奉献。可是，也像阔少对待侍女一样，盘子被打翻了，诗跌断了翅膀，心摔得粉碎……

我这才明白：冬是冬，春是春。

虽然我所大声疾呼的我的朋友——事业——并未出世，但我并不孤独：

你是我的挚友，恨君是我的恩人。

是的，听人说，只有鬼魅走路才没有脚印。我在这人世上走了这么多年，如果连一个脚印都没留下，那不就成了鬼魅么？我的挚友——虚无，你能给我指出一条可以留下脚印的路么？

三

我用了无尽的思念，来抵偿那我终于忍不住地回头一视。从此，我的心就再也走不出我自己设置的栅栏。但我更觉得，我是构筑了一座诗苑。里面有令人心醉、令人神往的旖旎风光。

细细密密的雨不停地下，像一把利剑，把我盼望的想留住的，一天一节地在削短。剩下无边的落寞和怅惘。在逝水的年华中，有一个忧郁的声音，在孤寂时会更激烈、更分明、更深沉，那便是"我爱你"。

一颗颤柔的心经了热吻，会获得充实和宁静。我的心就执着那么一点，紧紧地牢牢地，怎么也不肯轻松。可见其尖锐，而不宽容。我的感情的荒漠，不需要花的艳丽来装点。需要的是深深扎根的绿草的抚摸。

我要对你说的话，就像一叶不敢靠岸的小舟，在时间的浪谷里经受颠簸。久了，累了，就只好让它悄悄地沉没。

你做的事是果实，所以尊贵。我想的事是花，因而甜美。但我做的却是叶，专心地制造着绿荫。为花与果实领受人间的谢词。我愿默默地奉献。而且我分明知道：花的归宿可以是果，而叶与果的分手，却是一种不可抗拒的必然。

你只管去吧，不必为已经采摘的花果而逗留。因为一路上将有花朵为你继续开放。只是，只是她们未必如你曾经采摘的这一朵那么温馨、优雅。我愿我那漂泊的心灵，沉没在你的心的大海，永远谛听大海脉搏的跳动。是你领着我穿过白天拥挤不堪的旅程，送我到黄昏。在夜的寂静里，你仍然不肯离去。让我用长夜的不眠来陪伴你的引领。

我只有用想象和思念来跨越时间与空间的阻隔，在心的画布上，涂了又抹，抹了又涂。不倦地描绘着那甜蜜的时刻的精神实现。

我家的白杨

三十年前，父亲在我们家的自留地里栽下了二十多棵白杨树。父亲对我说了他当时选树苗的原则：一是直直的；二是无杈的；三是粗壮的；四是高矮相近的。按照这个条件选的树苗栽下后，果然整齐好看。顿时有三分黄土一片绿的感觉。虽然只有三分自留地，但俨然成了一片"小森林"。

我是一个远离故乡的湖湘游子。大学毕业后，为了范仲淹的一篇《岳阳楼记》，我毅然决然地背井离乡，来到了湖南岳阳，并在洞庭湖边岳阳楼下度过了十多年的青春时光。登楼是常有的事。不管是春和景明，还是淫雨霏霏，都有登临。但我的登临，除了面湖兴叹外，常常背湖向东——远眺家乡的那一片白杨。

记得大学里学过：科学研究有两种理论，一是概率论，一是确定论。确定论者嘲笑概率论者的著名事例是：一个人在儿子出生时，在门口栽了一棵小树。儿子一年年长大，小树也一年年长高，二者之间的相关系数可以达到百分之八十以上。但儿子和小树之间并没有因果关系。可见概率论是谬论。但历史是公正的，至今仍然给了概率论一件合法的外衣。时间一年年地过去了，我虽然没有明显地长高，但家乡的白杨应该长大好多了吧?

思念是禁不住的。每年我都借出差的机会回家一次，为父母，为白杨!

前年回去，站在"小森林"里，拾起一片片落叶，不由心生谢意：是她为我的白杨贡献了毕生的精力。站在"小森林"里，只能仰望才见树梢。当初和我差不多高的兄弟们，怎么长得这么高了呢! 惊异之中更有疑惑：当初整齐划一的，现在怎么参差不齐了呢? 高矮粗细差别很大。粗的直径约有 1 米，细的不到 50 厘米。特别是一棵最高的，约有 8 米高，比其兄弟姐妹高出一半以上。鹤立鸡群，直插云天。我一直仰望着，直到脖子酸痛也不肯罢休。多想请雁冰先生来到我的"小森林"做客，续写一篇新的《白杨礼赞》啊!

时光荏苒，当我今年又一次来到我家的白杨林里时，我愕然了：时时在我梦中的那棵高大直插云天的白杨，竟然有一半躺在地上! 剩下的一半，残枝败叶，在风中摇曳。邻居看出了我的惊异，颤巍巍地说出了事情的经过：在一个月黑风高的夜晚，北风特别大，房子上的瓦片呜呜直响，在狂风怒吼中，忽然听到咔嚓一声，就像当年日本鬼子进村时的枪声一样。第二天早上，就发现这棵白杨被拦腰截断了……我呆呆地望着这棵断杨，竟无语凝噎。当我悻悻地回到屋里时，情不自禁地喃喃自语着：木秀于林，风必摧之啊!

邂逅了美丽

接到通知:单位要我去休闲两天。我问:去哪里?答曰:雷锋镇。我犹豫了:雷锋镇我虽然从未谋面,但其名字熟之又熟,花去两天时间,值得吗?但考虑到我曾有梦:那里有"河那边的太阳",有星空中的一颗星。所以还是决定:去吧,也许有美丽的邂逅。

一

车,行在城里,宛如古时候新娘走向洞房:簇拥着,一步挪三指。欲进还退,慢慢腾腾,忸忸怩怩。可一到城外,便一路狂飙。车窗外,群山跑野马,轻风也放肆……一个小时的车程,很快就到了我的休闲处所——雷锋镇外的银杏山庄。

二

进得庄门,便看见三片水面一字儿排开。我手搭阴蓬,尽眼望去,水面似有 100 多亩。这比"半亩方塘一鉴开"要大气得多。清风习习,涟漪阵阵,岸柳飘飘。这对于一个长期待在市中心,又值炎炎酷夏身临此境的人来说,无疑是身心俱悦。不自觉中渐渐远离了尘嚣,远离了烦恼。再往前行,是一道山坡。上得山坡,竟然又是三片水面一字儿排开。似乎给人一种"山重水复疑无路,柳暗花明又一村"的感觉。水体四周,有不少人在钓鱼。每个钓者都聚精会神,眼睛直盯盯地望着前方水面上的浮标和浮标下的鱼。同事要我也去钓鱼,不自觉中,我口无遮拦地戏谑道:"此乃骗术,不屑为之。"谁知此言一出,所有的垂钓者都不约而同地望着我,似乎我就是那鱼,我就是那浮标。我微笑以对。由于池水不是清澈见底,所以水中鱼若隐若现,优哉游哉。忽然想起,"非鱼定未知鱼乐",特别是那些垂钓者。

三

出于职业习惯和担心,每到一地,我总想看看那里的学校。于是吃过晚饭,6点半,决定一个人步行去看看韶山学校。经打听,银杏山庄到韶山学校约5公里(即5千米)。1小时后,我汗流浃背地来到韶山学校门口。向保卫人员说明来意后,获准入内参观。首先映入眼帘的是一尊雕塑,中间是雷锋,旁边有3个学生,2个女的、1个男的,显然取之于雷锋当辅导员的事迹。塑像的右边是一个荷塘。塘面不大,远没有"接天莲叶无穷碧"的气势。由于池塘四周是水泥砌成,似乎没有了"出淤泥而不染"的神似。但满塘绿荫如盖,给人以生机勃勃、天天向上的感觉。特别是那一枝枝探出水面的荷叶,宛如一把把大绿伞,似乎在昭示人们:来吧,只要在我的大绿伞保护之下,太阳也不敢欺负你。细看荷叶下,突然发现,居然也有才露尖尖角的,很想纵身一跳,化作蜻蜓。数十朵荷花,在绿叶扶持下,开过尚盈盈,望着她,似觉眼前一亮。塘内数不清的莲蓬,或大或小,或高或低,或老或嫩,暗示着收获季节的到来。

荷塘的前面,竖着一块石碑,上面是大家耳熟能详的毛泽东的题词。看过了进门三景,再往里走,就是教室和宿舍了。由于天色渐晚,路灯又少,不新不旧的几栋教学楼依稀可见。校园里没有见到几个学生。教学楼里很少看见灯光,更别说朗朗的读书声了。如果不是门口的校牌,人们很难看出这是一所学校。走出校门,细数着学校给我的记忆:雕塑,荷塘,题词,还有那看不见灯光的教学楼……

四

走了十里黑路,回到住处,已经是木人一个了。洗完澡,刚端起茶杯,服务员进来了:"先生,需要什么服务吗?"我问:"都有哪些服务呢?"答曰:"洗脚,搓背……""搓背?"我开玩笑地问道,"如果我是李淳风,你能是袁天罡吗?"服务员满脸狐疑:"什么?"我后悔了,不该问她这样的问题,年轻轻的,怎么会知道这些呢?

五

吃过早饭,我决定去雷锋镇和雷锋纪念馆。走了10分钟后,突然面前出现一条泥巴路。由于昨晚走路太多,很想此时能有一辆公交车。这时后边来了三个人。于是便上前打听:"请问帅哥,我想去雷锋镇,有公交车吗？"他犹豫了一下："有，你跟我来。"他边说边向他的两位同行者挥手："你们在这儿等着，我带这位师傅去 15 路车站了。"我不由分说被他带上了泥巴路。大约走了 5 分钟，果然来了一辆公交车。上车后，我出示了公交卡。售票员说不用公交卡。我愕然了：身上没有零钱，只有百元"大钞"，在我掏出大钞的同时，帅哥递上两张 1 元的零钱说："我替这位师傅给了。"售票员收了零钱，不接大钞。我着急地对售票员说："我和这位帅哥是萍水相逢，下车后便成陌路，无缘回报的。"售票员见此，便收了我的大钞。原来这位帅哥也不是本地人，家在常德，是到这儿修路的临时工。个子不高，大概只有一米六左右，脸瘦瘦的、黑黑的。虽然貌不惊人，但谁能说他不帅呢？我又问他去雷锋纪念馆怎么走。他说他也不知道。坐在我旁边的一位女士听到我们的对话后，热情地说："到雷锋镇下车后，往左走。"她看我满脸疑惑的样子补充道："我带你去吧，本来我是到下一站才下车的。"我说不用了，你给我指路就行了。她坚持道："别客气了，谁叫你像个书呆子呢？"于是我不由分说被带到雷锋纪念馆。千恩万谢地握手道别后，看着她离去的背影：大约 1.5 米的身高，30 岁左右的年纪，娇小的身材，一副弱不禁风的样子。虽然不是窈窕淑女，但谁又能说她不美呢？

　　站在雷锋像前，万语千言：如今道德的沦丧，我能向你述说么?

六

　　天空万里无云,太阳肆无忌惮地发着淫威。山庄的狗,吐着舌头躺在风口的地上。水边的垂钓者,有的躲到树荫下,有的龟缩到房子里。我也不敢乱跑,只好老老实实地待着。但我不喜欢开空调,端了一把椅子,坐在门口。从水面上吹来一阵阵风,褪去不少暑意。坐着坐着,忽然想起一个"官僚"的几句诗:人皆苦炎热,我爱夏日长。熏风自南来,殿阁生微凉。不觉心生自嘲:哈哈,我也是个"官僚"了。是的,如果诗人李白身临此地,也不需"平头奴子摇大扇"的。

　　两天很快过去了,8月8日离开山庄大门的那一刻,我欣喜地自语道:这次休闲,虽然没有美丽的邂逅,但却邂逅了美丽。

海 边 遐 思

　　小时候,我很喜欢读郭小川的诗《致大海》:"大海啊,我又一次来到你奇异的岸边……无须频频地招手,也不用那令人厌倦的寒暄。厚重的情谊,常像深层的海水,并不荡起波澜。"每当读到这些诗句,我就梦想着,有一天我也去到海边,目睹大海的浩瀚。

2010年4月18日,我的梦想终于实现了:在单位领导的关怀下,我和同事乘上北去的列车,来到了海滨城市——青岛,来到了大海的岸边。站在海滨的沙滩上,心情激动,心潮澎湃。可是没多久,我便被一个问题难住了:为什么海水是清澈的?为什么黄河却是黄色的?我想:大海是由千川百流汇集而成的。地球上的泥沙和大部分污泥浊水都是通过千川百流汇入大海的,照理说,海水不应该是清澈的。要知道,只是一个黄土高原就使黄河彻底改变了颜色啊。我思索良久,终于悟出了,海水的清澈,是因为大海的博大精深,是宽阔的容量和狭小的空间使得大海和黄河保留了各自的清澈和浑浊。也许,这就是有容乃大的道理吧。正是这有容乃大,正是这宽容,使大海展现她蔚蓝的颜色——和天空融为一体的颜色,自然的颜色,和谐的颜色。这使我明白了:宽容是和谐的基础。我在海边漫步着,我的心情激动着,我的思绪澎湃着。我试图掬一捧清凉的海水来清润我涨红的面庞。猛然间,一个巨浪迎面而来,我来不及躲闪,于是便成了一个弄潮儿。正是这巨浪,使我的脑海里萌生了又一个问题:为什么大海也有发怒的时候?我知道,使大海失去平静的是风。风是由气压分布不均匀造成的。因此,大海的不和谐,是由气压的不平衡引起的。自然界的平衡和不平衡,在人类社会中叫公平和不公平。这又使我悟出了公平是和谐的前提。不平则鸣就是这个道理。宽容和公平是和谐的基础和前提，这是大海给我的深刻启迪。看来这次来观海，此行不虚。也许这就是单位领导的良苦用心，有意让我们来感受大海的宽容，来体察大海的和谐，来领略大海的本质，来学习和谐的真谛。我真切地感觉到，我是生活在一个和谐的集体里。舍不得离开这大海，但又必须踏上回家的路。但愿大海给我的启迪永铭在心，但愿大海的和谐永远激励着我，催我奋进。